03

All about Love

03

All about Love

I left you.Right for him.

03 —— All about Love

左邊的你以及，右邊的他。

by Sophia

01

「比起應付我媽，應付叫作男朋友的人麻煩多了。」我說。

「應付？妳的觀念真的很偏差耶。」

「所以我很善良的不去殘害其他人。」

「總有一天妳會栽進去的。」

「栽進哪裡？」

「愛情。和一個男人的懷裡。」

這種時候只要微笑就好了。

如果不是四周佈置太過鮮明的話，我可能會感覺時空錯置，誤以為自己在某間不知名的咖啡館或是飯店會場也說不定。穿著黑色剪裁簡單的小洋裝，安靜的站在媽的旁邊，對面是我見過但要很勉強才能記起臉孔的阿姨。反正只要跟媽年紀差不多這樣叫大概都不會錯。那個圓臉阿姨的身邊站著的是一個穿著相當平凡但絕對不會出錯的白襯衫黑長褲的男人。

看著圓臉阿姨嘴巴一張一合，媽的聲音她的聲音毫無空隙的交替，中間夾著兩方一起的尖銳笑聲，雖然站得那麼近——或許正因為站得太過靠近，所以除了聲音本身以外，字句的任何意義都沒有進到我的腦袋裡。

但不用想也知道，這兩個中年婦女正打算把沉默不語的陌生男女牽扯在一起。

我才二十二歲，大學剛畢業，但脫離學生身分之後對媽而言，似乎正是她焦急我未來的開始，尤其是婚姻這一塊。

看了一眼站正對面的襯衫男，他並不是我視線會停留一分鐘以上的類型，並不是說他其貌不揚或是散發令人難以恭維的氛圍，相反的他可以稱得上乾淨斯文，大概是個很好的人吧，但不是我會感興趣的類型。

但藉由這種方式認識的對象，基本分就已經被扣了大半了。說不定對方也抱持著同樣的心態看著我，至少他的視線也只有短暫地在我身上停留個幾分鐘而已。

等到我再次回過神，現場只剩下我跟襯衫男了。

其他參加喪禮的客人被引導到用餐的餐廳，那是距離這裡大約五分鐘路程的中餐廳，說不定媽和那個阿姨太過樂天的認為這短短的五分鐘之內會產生什麼樣的化學變化。

我和他安靜的走著，沒有人打算先開口，我想他也不喜歡這種形式的會面吧。

但不管怎麼樣，今天過後我就再也見不到這個人了。

我只是很簡單的這麼想。真的。

□

我第二次見到他的時候是在另一場喪禮，**他的喪禮**。

安靜地坐在教堂的長椅上，但耳裡卻聽著和尚誦經，這讓我再度感到微妙的違和感，大概也不能說是教堂，只是喪葬社為了方便而把公祭地點建築成教堂的模樣，隨著喪家需求而鋪設不同裝飾；但根本沒有人在意，短短的一個上午或者下午結束之後，將遺體推進焚化爐，那個人也就被畫上了完整的句點。

所以在場的人等的不過是那一個句點。

其實那天我根本沒有記住他的名字，但祭師反覆用太過矯情的語調唸著他的名字，我的腦袋閃現許多同音異字的排列組合，然而我想離開之後那些排列組合會跟高中數學課本的排列組合一樣消失無蹤。

低頭端詳著我端放在膝上的雙手，一樣是黑色的小洋裝，事實上是同一件，我的衣櫃裡適合喪禮的衣服也就只有那麼一件，所以在我對他僅有的記憶當中，最後剩下的大概只會是這件洋裝吧。

圓臉阿姨哭得很傷心，必須要兩個男人才扶得動她癱軟的身軀，媽和一群中年婦女圍繞著圓臉阿姨說著安慰的話語，但如果仔細觀察就會發現每個人都隔著一段適當的距離，近得足以讓其他人知道自己的同情，但遠得能夠避開任何來自圓臉阿姨的攀附。

我想最可憐的不是已經冷冰冰的他，而是圓臉阿姨。看著滿坑滿谷長得像救生圈的東西環繞著她，她卻連指尖也無法觸碰到任一個的邊緣，無論將手伸得多長，總是在即將劃過的瞬間又漂離了那麼零點零一公分。

然而不會有人仔細關注，就連我也只是太過無聊，或許另一個原因在於每個人都是共犯。

無論圓臉阿姨哭聲多麼悽厲，工作人員還是公式化的按照表定時間用力將他推進高溫的終點，然後圓臉阿姨終於不支倒地。少了主宰全場的聲源，消音般的瞬間過後是各自的閒話家常，那就像是把原班人馬移到野餐區、海灘或是宴客場合都不會突兀的情境。

這麼說起來，在我跟他之間最強烈的感受，大概就是這種時空錯置的情境了。

喪禮只是之中的巧合。

一切結束之後同樣是簡單的午餐，圓臉阿姨並沒有出席，也因此午餐像個普通的聚會，雖然充斥著「真是可惜」、「還那麼年輕」、「這樣誰來照顧他媽媽」這類的字句，然而他終究淪為話題，在咀嚼著雞肉或者花椰菜的同時也消化了他。

從喪禮開始到有一口沒一口的咬著高麗菜的這一秒鐘，除了簡短回應來自其他人的問號，我一句話都沒有說。其實我不明白到底自己為什麼非得坐在這裡——除了那一天的那一面，對我而言他根本是毫無關連的一個人，即使是最短距離，在我跟他中間也還是隔了媽跟圓臉阿姨，重點是無論我還是他都沒有縮短距離的意念。

雖然這些都已經沒有意義，然而此刻我就處於一個沒有意義的情境之中，想些什麼都無所謂了。

我並不是說他的喪禮沒有意義，而是參與的人們讓其本身失卻了意義，這跟召集群眾舉行放生可憐小烏龜的活動一樣，不管從什麼角度看都很荒謬。

參與的人開心就好，不開心的人就會被貼上不合群的標籤趕到一旁，所以我選擇緘口不語。

坐在我斜對面的襯衫男也很安靜，他的左邊是跟媽聊得很起勁的眼鏡阿姨，右邊是卡在青年與中年之間似乎正與稀疏毛髮奮鬥的肥胖男，很難猜想他的關係線是連在誰身上，當然也可能他是獨自前來，總之我只是試圖打發時間。

「小蘋，這是邵媽媽；這是我們家小蘋。」

從高麗菜換成竹筍片，同樣的咀嚼動作停在媽和眼鏡阿姨突來的眼光裡，值得慶幸的是暫停瞬間我的嘴巴剛好合上，我扯了一個僵硬的微笑，適才媽介紹我的聲音實在太過熟悉，今天那位喪禮主角也聽過呢，就是在媽跟圓臉阿姨介紹我的時候。

「真是漂亮呢，聽說大學剛畢業啊，年輕真好。這是我們家邵謙。這是王媽媽跟小蘋。」

顯而易見，襯衫男的關係線繫在眼鏡阿姨身上，而兩個女人正試圖讓那條關係線把所有人牽連起來。

我很想跟媽說，這樣繼續亂拉亂牽的結果是很容易打結的，最後糾結成一團解不開的毛球是相當麻煩的事。

然而從這方面來說媽是相當努力的，除了能夠忽略這是一場喪禮的午餐，更要無視於不久之前她才在幾乎相同的場合做著相同的動作。當時我對面的男人成為這次喪禮照片上的主角，如果帶點惡趣味說不定會像輸送帶一樣反覆著這個流程。

我穿著同一件黑色洋裝，媽說著類似的話語，對面的男人不斷的從我眼前被輸送到肖像照的中央。這樣大概就會變成鬼故事了吧，然後徹頭徹尾安然無事的我就會被綁到廣場中央，遭受跟男人們相同的火焚。

但這次流程似乎有些不同，和喪禮主角是走了一段五分鐘路程之後進行午餐，而這次我和襯衫男在午餐之後被媽和眼鏡阿姨留在餐廳外面。

中年婦女們並不是單純到真的相信把一男一女丟在一起就一定會產生美麗的愛情泡泡，但她們的確是樂天的認為總會在胡亂攪拌的過程中，碰中肥皂劑量恰好的一次。

但是我從小就不喜歡那種會把自己弄得黏答答的遊戲，再說無論色彩多麼鮮豔多麼繽紛的肥皂泡泡，認真凝望只會發現那是鉅細靡遺的記憶從完整的美麗逐漸褪色變薄最終破裂的過程。

所以並不會有人一次只吹一顆肥皂泡泡，總是以無法仔細注視的龐大數量來營造虛幻的印象，先前的飄遠了，就將視線移到眼前新的色彩；破了也無所謂，反正再吹就有了；若原料沒了，到處都可以買得到肥皂跟水。

並不是說愛情就是這麼廉價，但大多數的愛情並沒有被賦予價值。

在我有限的生命當中，很多次我都毫不留情的戳破別人吹向我的泡泡，當然我也擁有過幾次以為不會幻滅的愛情，但那也只是以為。

所有東西都有保存期限，愛情也是，唯一的差別只在於它沒有在外包裝寫上賞味期限的責任，不同賣家售出的愛情期限也不相同。

這種事情是講求運氣的，貨比三家實在不是很聰明的方式。

無論如何，我並不是製造美麗泡泡的好原料。

「我可以自己回去，這裡公車很方便。」

「嗯，我也得坐公車回去。」

「我以為你開車。」

「早上是。但剛剛我媽開走了，跟妳媽媽一起。」

「是嗎？」

於是我跟襯衫男毫無交談的坐上了同一班公車，抓著椅背我對著移動的街景發呆，如果閉上眼睛反而會加速思考，那些在腦袋中鮮明的畫面彷彿因為有了一面可以投影的黑暗，因而毫無間斷的閃現；所以我總是睜開眼，寧可讓眼睛酸痛我也不要頭痛。

襯衫男早我幾站下車，禮貌的說了句再見和路上小心頭也不回的走出公車，在門關上之前我就已經把頭轉回窗外，恰巧他成為一閃而過的街景之一。

沒有視覺暫留也沒有倒映，在我走出公車而門闔起的那瞬間，我發現我又忘記喪禮主角的名字，連襯衫男的也一併丟在午餐會場了。

如果可能的話，我想身上的這件黑色洋裝大概也應該一起丟在那裡。

□

第二次見到襯衫男是在某個書店的出口。

正確的來說是他的照片。

當然我沒有背負讓所有曾經坐在我對面的男人成為喪禮主角的詛咒，我看見的是在小說折頁的作者介紹，其實只有名字和編輯的文字風格簡介，出自於他的大概只有小說內文和那張有點側又有點模糊的大頭照。

我從來不看這種大眾小說，尤其是主打愛情的故事，我寧可花錢在一堆人物死來死去的推理小說，離現實愈遠愈好。才不會有虛幻的期盼在我身軀之中默默發酵。

之所以拿起這本書只是因為我在等丁丁結帳，而它恰好是擺在出口旁邊展示的新書。

「《太近的愛情，太遙遠的你》？什麼時候妳終於有少女心思了？」

把書放回架上，其實我並沒有瀏覽內文的任何一個字，透明感、愛情、他，作者介紹裡牽連起來的這些詞彙，怎麼善意去想都是欺騙讀者。

襯衫男看起來比我離愛情還要遠。

然而那根本性與我無關，我也不認識「真正」的襯衫男，雖然我的第六感一向很準，反正被騙的不是我就好。

「它剛好在我手可以拿到的位置。」我說。

「我有買這本喔，如果妳要看我可以借妳。」

「再說吧。」

丁丁就是那種會被騙的人，事實上她已經被騙了。

之所以叫丁丁不是因為天線寶寶，只是正好她爸姓丁她媽姓丁所以不管跟誰姓她都得姓丁，但只要牽扯到愛情其實她的智商不會比天線寶寶高多少。

我並不想當刻薄的人，但通常說出實話就會被貼上刻薄的標籤，我只是比一般人少了一點同情心，和多了一點無所謂罷了。

因而我的朋友很輕易的就能被分成兩類，一類是同類，另一類則是丁丁歸屬的族群，體內的虛幻泡泡多到就算我卯起來戳也不會被動搖，只是麻煩的是三不五時他們會興起把幾顆泡泡借給我的念頭。

「小蘋，妳的手機在響。」

「我知道。」

那是我媽的專屬鈴聲，但只要持續忽略她就會拿我爸我弟或是鄰居家的電話來打，她總能找到從未被我記錄下來的號碼；平常的媽其實是很正常的，會這麼瘋狂的找我只有一個目的，就是伸長了手想把兩個單身男女拎起，接著用童軍繩纏起綁在一塊。

我想就算我爸或我弟發生意外媽也不會這麼積極聯絡我。

其實我很想告訴媽，兩個被綁起來的男女是什麼都不能做的。

「那妳為什麼不接電話？」

「因為我在做無謂的掙扎。」

「什麼啊？」

「沒什麼。」

最後我還是接起電話了。

「我在外面，剛剛沒聽見電話聲。」

如果不在媽開口之前先堵住她的嘴，光不接電話就足以讓她浪費十五分鐘的電話錢，以及我十五分鐘的生命。

「我可是打了好幾通——算了。明天我跟邵媽媽約好，我們跟她還有邵謙出去吃午餐，難得也要吃頓好的吧。」

「誰？」

「那天吃飯的時候介紹過的，反正妳明天早上記得，我會把地址傳給妳。」

「爸跟弟呢？」
「男人留在家就好，我才不想成天伺候他們。妳不要忘記啊。」
襯衫男就不是男人？真是愉悅的發現吶。
「知道了啦。」
切斷媽上揚的興奮音調，女人沒男人就不能活嗎？那路上不就屍橫遍野？
「妳媽又要妳相親？」丁丁問。
「用一個下午換一頓免費午餐——如果往好處想的話。」
「那妳趕快交一個男朋友，阿姨就不會這麼緊張了吧。再說妳又不是沒人追。」
和某人交往與有沒有人追對我而言是絲毫沒有關連的兩個敘述句，然而在大多數人們的觀念中兩者是平行而幾乎重疊，因而直接將其連結比分辨兩者間微小差距省力多了。
對我而言所在乎的就只有某個特定的人，假使趨向我的人們中沒有他，後者的敘述句也只是多餘的存在。
寧可錯愛也不願錯過。
這種消費性的愛情事實上也消費了我們體內的真實，尤其是難以分辨那種

感動究竟是源自找到轉移寂寞濃度的管道，或者因為是對方。

擁抱著對方的時候，如果全盤相信那是因為愛情而讓自己如此用力環抱，那麼終有一天會太過疲累而垂放雙手，說著對不起我盡力了的這種話。與其如此倒不如承認從來就不存在著愛情。

我可是很努力在愛著你喔。

如果能夠這樣說出口，那麼我們可以很努力去愛著任何一個人。任何一個人。

但是我沒有辦法，何況我根本不想浪費力氣去做這些努力，所以我只能看著我的愛情，看著**那個他**。

「比起應付我媽，應付叫作男朋友的人麻煩多了。」我說。

「應付?妳的觀念真的很偏差耶。」

「所以我很善良的不去殘害其他人。」

「總有一天妳會栽進去的。」

「栽進哪裡?」

「愛情。和一個男人的懷裡。」

02

「人的生命是由遺憾堆累而成的，那些快樂悲傷痛苦就算鮮明也佔不了十分之一，百分之九十都是遺憾。只要能接受遺憾，妳才能得到真正的記憶。」

「說著『真遺憾呢，但幸好有這些遺憾呢』這樣嗎？你也太自虐了吧。」

「人的記憶中，無論是最難以忘懷或是最美麗的部分，都是遺憾。」

看樣子連免費午餐都沒有。

我和襯衫男前後坐進預約的位置之後，就相當碰巧的各自收到簡訊，媽說她突然腸胃不舒服，眼鏡阿姨的腳突然扭傷沒辦法下床，並且恰好是無法赴約但不需要兒子女兒趕回家的嚴重程度。

「妳想在這吃午餐嗎？」襯衫男很有禮貌的開口了。

「都已經來了。」

接著是完全沒有火花的沉默餐桌，穿插的只有刀叉與餐盤碰撞的聲響，四周愉悅的交談聲傳到這張桌子之前就被一面透明的牆擋下。

透明？

「透明系愛情作家？」我想了「透明」。

襯衫男抬起他的雙眼，細嚼慢嚥的吞下口中的牛肉，「妳看那種書？」

「那種書？」我叉了一塊魚肉，「我以為那是從你腦袋出來的東西。」

「我以為妳對那類書籍沒有興趣。」

「我以為你不會是寫愛情小說的人。」

無論是我或者襯衫男，都用了許多「以為」去架構對方，事實上每個人都是；然而之中微妙但決定性的差異在於我明白那是「我以為」，而非認定閃現於我腦中的推想都會成立，顯然他也明白這一點。

「能告訴我，妳所以為的我是什麼形象嗎？妳是第一個認為我不會寫愛情小說的人。」

第一個？能被套上序列冠詞的都不是什麼好事吶。

「你離愛情很遠。」真不明白為什麼餐廳要在好好的一盤料理中擺上無法忽視的紅黃椒，「那只是我以為。」

「**離開愛情才能看見愛情。**」

「相當富有哲學性。」

「我會把這句話當作誇獎。」

「那你所以為的我呢？」

「妳不想靠近愛情。」

在我決定犧牲花椰菜用以遮蓋住刺眼的紅黃椒的動作裡，襯衫男的句號落在勉強擋去紅黃椒的綠色上。這很適合用來當作引起女孩子注意的談論，然而我可以很清楚的感覺到，襯衫男絲毫沒有這類念頭。

抬起眼望向他，到這瞬間我才認真端詳他的長相。他是個很好看的人，而且是屬於天生就長得很溫和的那種，而無論是本身的氣質或是他乾淨簡單的打扮都讓他覆蓋上一層文藝青年的外衣，這種人不管到哪個團體都會受歡迎吧。

如果是透過丁丁的雙眼，看見的或許大概會是難得一見的白馬王子，然而透過我的視網膜，倒映的只是一個冷眼旁觀的男人。

「為什麼？」

「不知道。感覺。」他說。

服務生殷勤的替我和襯衫男添了檸檬水，不多不少的八分滿，他微笑的說了謝謝，在服務生轉身的同時拿起玻璃杯喝了一口水，「不喜歡甜椒？」

「嗯？觀察入微。」

從他的角度我想能夠清清楚楚的看見被我硬是彎折的兩條紅黃椒，沿著綠色的花椰菜，能夠走到的終點不是我不喜歡它們，就是我太過無聊。

反正我看不到它們就好。雖然其他人很輕易就能看見這個事實，但只要不進入主述者的視野，要捏造幸福快樂的情節是太過輕易的一件事。

像是全世界的人都知道表姊夫不斷外遇，但只要表姊相信自己看到的是一個專情貼心的男人，就能維持美麗的糖衣，一有融化跡象就立刻鋪上新的一層，表姊就能永遠活在甜膩的世界之中。

再說鋪上一層又一層的糖衣是表姊夫太過擅長的技能。

這時候試圖剝開糖衣拉出表姊的人都是罪人，都是意圖破壞表姊幸福快樂的陰謀分子，阿姨不斷被驅逐，終於成為最後一個收回雙手的人。

在她愛情之外的我們，看見的畫面和表姊看見的永遠不會是相同風景。

服務生終於收走餐盤，甜點是淋上草莓醬的奶酪，和一小片做作的香草。我挑掉香草放在容器前方我看不見的位置上，恰巧又是他絕對不會忽略的位置，誰叫他坐我正前方。

「妳不喜歡的東西很多。」

「尤其不喜歡勉強自己。」

「一般人會把它放在自己前方不讓對方看到。」香草還是紅黃椒？

「我不想看到我不喜歡的東西。」

「那表示妳不怎麼討厭我。」

「稱不上討厭或喜歡。」

「看來我並沒有什麼分量。」

就襯衫男能夠無誤理解我話語含義這點而言，這頓午餐並不令人難受，一般人聽見「稱不上討厭或喜歡」的敘述頂多意識到「沒感覺」的中性階段，但任何事物只要在個人心中佔有某個範圍，即使是萬分之一的面積，指針就不會指向正中間。

「沒感覺」跟「有沒有都一樣」的差異只在表述方式不同罷了。

「我並不認識你。」

「第一印象通常就會帶有情緒性。」

「那你對我的印象是偏在哪一邊？」

「中間。」

「似乎我也沒什麼分量。」

吞嚥下最後一口奶酪，殘留的紅色果醬在白色容器的盛裝之中顯得格外鮮明，喝了口水淡去對我而言太過甜膩的味道，如果每個路人都像他一樣聰明那就省事多了。

「你、想不想跟我談戀愛？」

他停頓了幾秒鐘，「我以為妳不想沾染愛情。」

「你很適合用來讓我媽停止在我身上展開的行動。」

「對我似乎沒有任何好處。」

「踏進愛情裡說不定能開拓你新的讀者群。嗯？」

「很有建設性。」他將點心盤推離自己一些，稍稍傾近他的身體，「看樣子我們達成共識了。」

「還有。」

「嗯？」

「你叫什麼名字？」

他很不客氣的笑了，「邵謙。」

□

邵謙對我的印象同時是對的也是錯的，我並不想靠近愛情的主體，但事實上我的身上早已黏附著愛情的灰燼。

像是《藍色大門》裡那個女孩把所有關於張士豪的東西焚毀，試圖消弭對他的依戀，但終究她還是撿起他的筆在紙上瘋狂寫滿他的名字，而我則是把全部燒成灰之後包裹起來端放在我面前。

並不是期待它會復燃，而是告訴自己它已經是灰。

其實我也想過哪天把灰撒掉說不定就可以拾回一些少女的心情，畢竟我也才二十出頭，我不想弄得像是心如止水的中年婦女——不，光看媽就知道我比某些中年婦女還要糟糕。

但要撒灰也不是像撒花一樣抓起來四處就能撒，萬一撒在哪個人身上可憐的是他不是我，尤其如果那個人是個男人。

雖然我沒什麼同情心但我很有公德心，所以就還是讓那包灰擺在自己的身邊。

「早安，有任何留言或信件嗎？」

「三封信。兩封是廠商，一封是銀行，都放在你桌上了。沒有留言。」

「謝謝。」

對話的過程中阿裘並沒有停下腳步，在謝謝之後是他走進辦公室並且關起門的流暢動作，他是個慣於忙碌的人，無論工作或者愛情。總之他的生活裡塞滿了各式各樣的東西。

他是我在社團的學長，一畢業就成立了室內裝潢的個人工作室，在我還不打算決定要繼續念研究所或者工作的猶豫中，他提供了一個緩衝的地帶，於是我暫時在他工作室當助理，雖然我根本不懂室內裝潢，但冒險的是阿裘不是我。

從來我就不喜歡冒險，覺得危險或麻煩的事能不涉入就不涉入，愛情好死不死同時囊括了兩者，所以我總是隔著一段距離張望著，然而我凝望的不是愛情，而是他。

這個他指的當然不是阿裘更不是只見過幾次面的邵謙，那頓午餐之後我和邵謙見過幾次面，打著約會的幌子但真正目的在於開發新的口袋餐廳。的確，在幾次的聊天之後對他的指針有稍微偏向好感那一端，然而正是因為相處得太過輕鬆愉悅反而抹殺了所有可能性。

再怎麼說，愛情還是要一點緊張性吧。

單看赴約前我並不會特意打扮這一點，就可以知道愛情的泡泡大概連成形都沒有辦法，不過好處是媽已經安分了很多天，但對他似乎一點好處也沒有。不管怎麼樣，我們並沒有大肆昭告天下，只是不小心讓媽知道偶爾會和他吃個飯，要誤會要揣想要編織美好藍圖本來就不在我的控制範圍內。

「小蘋妳這星期六有空嗎？」才剛走進辦公室不久的阿裘像是突然想到什麼的打開門，只探出頭並不打算移動腳步。

「嗯？」

「阿海後天回台灣，我跟他約好星期六幫他洗塵，妳一起來吧。」
「我？星期六、可能有點……」
「那還是改星期天，反正他剛回來這陣子應該很空閒吧。」
「沒關係，」我嘆了一口氣，如果無論如何都得去的話哪天都一樣，「就星期六吧。」
「太好了，應該是晚餐，時間地點確定了我再告訴妳。」
「好。」

阿海是阿裘最好的朋友，因此大學時在社團見過他幾次面，連帶的一起參加過幾次聚餐，就這樣而已。

嗯，表面上是這樣而已。

直截了當的說，阿海就是被供起來放的那包灰。

並不是對他還有什麼依戀，而是人總會有一份想保留下來的情感或心情，大概就是像做成標本那樣，倒也不是用來緬懷或是比較什麼，很純粹很純粹的只是覺得「真慶幸我擁有過」。

在夜裡的散步也是，**愛情最讓人刻骨銘心的並不是愛得死去活來的轟轟烈**

烈，就只是個恰好的微笑，轉身的瞬間，或是在哪個夜裡什麼話也不說的安靜散步。

阿海就是那樣的存在。

當時的我和阿海並不能很簡單的歸類成男女朋友，雖然任何一個人來看都會覺得是。

還是不大一樣的，正因為沒有貼上標籤，所以無論中途轉向另外一個人或是瞬間喊「夠了，就到這裡為止」也不需要負責任，如果是男女朋友多多少少還是會受到道德上的細綁，想著「啊，因為他是我的男朋友所以怎麼樣怎麼樣的」。

因此在我與阿海之間所聯繫的，確確實實就只有感情，準確來說組成分百分之九十以上是愛情。

聽起來很棒呢——如果跟某個人之間有這麼純粹的情感。但是一旦愛情抽離之後，也就什麼都不剩了。

很美麗同時也很可怕的一件事。

那一個秋天我和阿海很有默契的決定到此為止，連多餘的話都不必解釋，各自後退之後便回到朋友的安全領域。

到底為什麼沒有人知道這件事呢？老實說我也不太明白，就是不想對任何人說吧，那種心思在我胸口主宰了我的行動，不管是丁丁或是任何一個親近的人，看到的都是交集在朋友區塊的我以及阿海。

和阿海還是很好的朋友，偶爾寫寫信、聊聊 MSN，上次我失戀的時候他還在電話裡徹夜安慰我，然而大學畢業之後我們再也沒有見過面。

我不知道這是彼此的默契，還是我單方面的決定，總之自從他帶了一隻小熊布偶參加我的畢業典禮之後，他的影像就定格不動了。

雖然事實上還不到一年，但就算是一秒鐘，都已經不一樣了。

□

「為什麼不想見到他？不是關係還很好嗎？怕死灰復燃？」

「就說了只是為了環保才把灰供起來的，再說，以你聰明絕頂的腦袋應該不至於丟出這些問號吧。」

「有些問題就算大家都知道答案，自己不承認是沒有用的。」

邵謙極度置身事外並且毫不掩飾看戲心態地喝著餐後的熱紅茶。明明就是茶包加熱水，讓感覺不錯的一頓飯瞬間廉價了起來。

雖然茶包不是不好，但誰知道那是高級的茶包還是超市打折的貨品，即使是一樣的內容物，裝在高級瓷杯裡跟寶特瓶中喝起來的心情截然不同吧。

「不覺得很可怕嗎？」我說。

「嗯？」

「就是都已經燒成灰了，結果那個人沒死還走到你面前。」

「打電話、聊 MSN 就不算活著啊？真是值得參考的見解。」

「你可以再幸災樂禍一點。你就沒有一個，『**無論如何都只想放在記憶中的人**』嗎？」

「有。但大概我見到她的機率小於萬分之一。」他很溫柔地勾起微笑，「要我分析給妳聽嗎？」

「嗯哼？」

「妳只是想保留那份美麗愛情的氛圍，如果另外一個主角出現在現實中，很容易就找到跟妳勾勒的圖畫有所出入的地方，因為妳看見的是現實啊，所以會被破壞的就是妳小心翼翼抱住的幻象。就算知道是幻象，只要不與現實衝突，還是存有實現的可能性。」他頓了一下。「我說啊，只要妳死不放掉這份可能性，妳就永遠交不到男朋友。」

「在那之後我有交過一個男朋友好不好。」

「沒多久就分了吧?大概是因為看到這點不能忍受、那點實在太過醜陋之類的,人啊,心中懷有的感情很容易就被幻想撕裂的,尤其是愛情。」

「是嗎?我記得你小說裡並不是這麼寫的。」

「小說就是一種幻想。而且是集體幻想。再說都已經說是『小說』了,寫穿越時空或是擁有魔法都不用負責了,我製造小小的美麗也不為過吧。」

「跟現實太過靠近的幻象才讓人難以切割吧,**『反正再怎麼樣我都不會有魔法,但我有可能擁有那一個把我擺在世界中心的人』**,你覺得這樣不需要負責嗎?」

他聳了聳肩,「大多數的人是能夠妥協於現實並懷有幻想的。」

「隨便啦,我不想去見他。」

「都約好了不是嗎?這樣也好,作為交換,妳也一併毀掉他對妳的幻想吧。」

「真不應該跟你說這些的。」

「我該跟妳說謝謝呢,提供了我不少創作的材料,替妳寫篇小說如何?」

「結構です(不用了)。」

「打破現有的幻象說不定能得到更大的空間吶。」

「你知道只要跳過峽谷就能走到桃花源，你跳嗎？」

「要看峽谷裂口多大啊。再說，打破幻象妳又不會死。」

「心會痛死。」

「人的自我療癒能力是很強的，根本是打不死的蟑螂。再說你們又不是愛得死去活來的。」

「淡淡的惆悵讓人更難擺脫好嗎？」

「為什麼一定得擺脫？」

「不然你要一輩子被困在裡面嗎？」

「人的生命是由遺憾堆累而成的，那些快樂悲傷痛苦就算鮮明也佔不了十分之一，百分之九十都是遺憾。只要能接受遺憾，妳才能得到真正的記憶。」

「說著『真遺憾呢，但幸好有這些遺憾呢』這樣嗎?你也太自虐了吧。」

「**人的記憶中，無論是最難以忘懷或是最美麗的部分，都是遺憾。**」

最美麗的遺憾?

所以說我一輩子都當不了小說家。

03

阿海只是淡淡的笑，沒有接續沒有伸出手也沒有任何的移動，就只是安靜而專注的凝望著我。

這樣的凝望讓人不得不看見他。也不得不看見他雙眼中倒映的自己。

如果你不再是遺憾，那麼你還是你嗎？

「你們很久不見了吧，應該從阿海畢業之後就沒見過面了吧。」

不是喔，正確的長度是從我畢業之後喔，中間有整整一年的落差呢。重點是，我才不會笨到在阿裘面前說出這樣的話來。

「嗯，好久不見呢。」

「小蘋越來越可愛了呢。」

「是可愛不是漂亮啊。」

「還是一樣愛記恨呢。」

阿海其實沒有多少改變，多了一點成熟的味道，還有那麼一些些說不上來的差異。那段距離大概就是記憶與現實無法完全疊合的部分，就像是報紙套色沒有做好，邊緣產生模糊的第二層邊界，帶點色彩同時讓圖片有種說不上來的不均勻感。

明明差距連零點一公分都不到吧。

但人在某些地方的感覺是特別敏銳的。

晚餐是在阿裘最喜歡的複合式餐廳，有點大聲但不算吵的音樂，恰好能夠掩蓋任何喃喃自語，也不得不提高對彼此的專注力以接收來自對方的話語，真是巧妙的設計，不必直接說出「拜託你專心一點聽我說話好嗎」，就能得到對方比平時更高的集中，阿裘就是喜歡這種被重視的感覺。

不管是誰都一樣吧。

那個時候我總是很認真的聽著阿海的聲音或是注視他的身影，想著「在這樣的專注之中或許能看見在言語動作之外的什麼」，然後確實得到了些什麼之後，就更加專注了。這種循環可以算上良性偶爾也是惡性，人們想得到專注但有時候卻又希望全然被忽視。

矛盾到極點但這就是人性。

但習慣不是一時半刻能夠改變的，所以我還是很認真的注意著阿海。大概他也是吧。

「在阿裘那邊工作還習慣嗎？」

「嗯，不是很難的工作，阿裘也不會要求員工加班。」

「聽起來是好老闆呢。」

「當初阿海聽見妳要到我工作室工作的時候，還特地打電話要我不能壓榨妳呢，我怎麼敢要妳加班。」

「是嗎？」

「只是順口說說而已。」

服務生換上新的水瓶，阿海順勢幫每個人前方的玻璃杯加滿了冰水，霧氣凝結在杯壁而後滑落，觸碰的瞬間也不得不沾惹了水珠。微微的濕潤但不容忽視的感覺，拿起紙巾太過但不擦掉又有些難受。

在生命當中很多時刻都是相同的感受，尤其是在對方安靜的將自己的感情傳遞給自己的時候，不到開口詢問的程度，但沒有得到確切答案又卡在胸口無法釋懷。

□

所以那時候我問了。

「為什麼呢？」

「什麼為什麼？」

「為什麼能忍受這樣的關係呢？」

如果認真一點的檢視，很輕易就能發現不讓彼此貼上標籤的人是我，而阿海則是敏銳的察覺到了這份心思，所以體貼地留下了適當的距離，在我們之間只放進愛情，而其他的什麼在拿起之後，猶豫，但還是又放下了。

大概就擺在他的腳邊，我看不見或是調個角度就看不見的位置。

「因為是小蘋的緣故吧。」

「嗯？」

「妳知道有些人就是特別難搞吧。」

「我才沒有。」

「如果能夠成為妳想保留的那一個人，退開一點也沒關係吧。至少我是這麼想的。」

真是犧牲奉獻的偉大精神，如果我是旁觀者大概會毫不留情指著阿海的腦袋這麼說吧。

然而因為指涉的對象是我，便介於「這個人大概是笨蛋吧」跟「真是溫柔的一個人」的擺盪之間，久了也就慢慢滑向溫柔的那一端，因為是自己愛上的人啊，如果是笨蛋的話，那麼愛上笨蛋的自己境界應該更高吧。

「不覺得不公平嗎？」

「愛情裡沒有公平的問題，只要保持平衡就好。」

所以在即將失衡的瞬間，到此為止吧，彼此看好落地點安全往下跳，如果從平衡木上毫無預警的掉下來，摔個灰頭土臉之後會把怒氣全部往看得一清二楚的目擊者身上扔吧。何況是無論如何都不想讓他看見自己這樣的人。

全世界都看到也沒關係，只要他沒有目擊就好。會這樣想的吧。

□

「很久沒有這樣陪妳走回家了呢。」

「嗯。」

「抱歉，其實妳不想來的吧。」

「沒有……」對方是阿海呢，說謊是沒有用的吧，「嗯。」

「雖然知道妳大概不想見我，但因為很想見妳，所以還是讓阿裘約妳來了。」

「嗯。」

「因為想確認吧。」

「確認什麼？」

「那樣的感覺到底是因為當初結束得太遺憾，還是從來就沒消逝過。無論如何都想確認的吧，只要見一面就會得到答案，猶豫了很久我還是想見妳。」

「所以阿海得到答案了嗎？」

「嗯。見到妳那一瞬間就已經揭曉了。」

只要我接著問阿海就會告訴我答案吧。踏著自己的影子，路燈的亮度恰好讓彼此走進最美麗的模糊畫面之中，在那段時間裡，我最喜歡的就是阿海陪我走回家的這段路，通常是有一搭沒一搭的閒聊著，天氣啊小狗啊書啊什麼話題都無所謂吧，牽著手的兩個人微微的晃動，心底也掀起一圈圈的漣漪。

漣漪。

稍縱即逝的美麗。因為無法保留所以想一次又一次的觀看，想著會不會有一天我能完整的記起那樣的弧度。

「那時候我最喜歡跟阿海一起走路回家了。」

「記得有一天突然下大雨嗎？明明都已經快到了。」

「嗯。只要跑個幾步就會到的說，但兩個人還是慢吞吞的散步，還說著『雨好大喔』這種話呢。」

「我一直在想，如果能重來一次會不會一樣讓人感動？」

「大概，不會吧。記憶裡的畫面往往是最動人的。」

「所以為了保留這樣的動人畫面，我們之間不再有任何可能性了嗎？」

「嗯？」

阿海和我停在公寓大門前，在昏黃燈光下的阿海和記憶中的他緩慢重疊而又慢慢錯開，重合的那瞬間，有些什麼在胸口震動了幾下。我想起打包起來的那包灰。如果隨地倒掉的話，風一吹就會消散無蹤吧。

「想知道我得到什麼答案嗎？」

不想。但我只是安靜的看著阿海。

「無論記憶多麼美麗，沒有妳一切都沒有意義。」

「我不知道阿海是會說這種話的人。」

阿海只是淡淡的笑，沒有接續沒有伸出手也沒有任何的移動，就只是安靜而專注的凝望著我。

這樣的凝望讓人不得不看見他。也不得不看見他雙眼中倒映的自己。

如果你不再是遺憾，那麼你還是你嗎？

不管是我還是阿海，到最後都沒有開口，給了他一個淺淺的微笑，轉身走進公寓，闔上門那一個動作，在之內的我以及在之外的阿海，想著都是那扇門另一端的對方吧。

如果我早一點把那包灰當花瓣撒會不會有所不同？
不知道。
無論如何都不會知道了。

□

「所以是他要追妳的意思嗎？」
「誰知道。」
「之後他有任何明確的動作嗎？」
「才過兩天哪能有多麼明顯的動作。」
「是嗎，那妳呢？」
「什麼？」
「對方不是說『只要見上一面就會知道答案』嗎，妳都跟他吃了一頓飯還讓他送回家，妳也該有答案吧。」
「不知道。」
「不知道是指哪方面？」

「就是分辨不出來啦。是有一點悸動的感覺，但誰知道是因為看見他從灰走出來，還是因為當初沒有燃燒完全。」

「妳挺遲鈍的嘛。」

「你可以發揮一點同情心嗎？」

「通常我只會對可愛小動物發揮我的同情心。」

「我絕對要上黑特板表你。」

「洗板很快的。妳不知道憤怒這種情緒最容易引發衝動的舉動，大致上那個板都是這樣的情緒產物，不會有人認真看待的。」

「那你說阿海是不是一時衝動？」

「愛情是需要衝動的。」

「你根本前後矛盾。」

「愛情跟憤怒是不能擺在同一個向度衡量的，如果妳數學或物理還不錯的話，應該會知道單位不同不能比較吧。」

「小說家果然見多識廣啊。」哼。

「我以為這是基本常識。」他敲打筆電鍵盤的手並沒有因為對話而停頓，就不要讓我看到他哪一本小說把我跟他的對話寫進去，「這兩天妳有照鏡子嗎？」

「當然有啊，幹嘛？」
「那就再認真一點看吧，仔細辨認當妳想起他的表情，到底是什麼。」
「這種事是照照鏡子就能明白的嗎？」一點建設性也沒有。
「這幾天妳一定不敢仔細看自己吧。」
「我今天早上還認真的對著鏡子擠痘痘了呢，很抱歉推翻你的推理。」
「我是說，停下來好好看自己真正的想法。」

□

到底所謂真正的想法是什麼？
那就是我根本就不想面對這樣的亂七八糟。

躺在床上一動也不動的盯著什麼都沒有的天花板，望穿了頂多只能看見樓上禿頭大叔穿著汗衫的樣子吧。明明就是一片空白，腦袋裡卻不斷閃現各式各樣的畫面，那時候的我那時候的他那時候的夜晚那時候的風，那天的我那天的他那天的夜晚那天的風，邵謙的話阿裘的字句還有丁丁過於浪漫的言語。

愛情很簡單，但就是會攪進一堆啦哩啦雜的東西讓情況變得很複雜。變得複雜之後就想擺爛癱在床上什麼都不想管了。

電話響了也不想接。門鈴響了也不想管。嗯、不管是電話還是門鈴。但是我最後還是去開門了。

想擺爛但根本沒辦法擺爛，這就是人生最悲慘的部分。

「我跟阿姨要到地址的。」

「你來幹嘛？」

「發揮昨天妳沒得到的同情心啊。」

「你不知道有些事過了就來不及了嗎？」

「但也有些事永遠都來得及，不讓我進去嗎？亂七八糟我也不會介意的。」

側過身讓他進門，他順手把紙袋放在桌上，「路上買的布丁，我很有禮貌的。嗯，意外的整齊呢。」

「謝謝喔。」隨手把紙袋塞進冰箱，倒了杯冰水給他。

「跟他說妳已經有男朋友了吧。」

「什麼？」

「直接斬斷他的進路不是很乾脆嗎？反正我們是盟友關係，我可以幫妳的。」

「不用你來攪和。」

「不想斷他進路吧？」

「什麼意思？」

「字面上的意思。」

「對啦對啦，我就是享受這種虛榮感的女人，所以不想直接拒絕他，這樣你滿意了嗎？」

「嗯，各個方面都很精明，但遇到愛情就不行了呢。」

「謝謝你精準的分析。」

「那，增加一點妳的虛榮感好了。」

「嗯？」

「我要開始追妳。」

「什麼意思？」

「字面上的意思。」

「我以為你很忙的，不要來我這邊把狀況搞得更複雜。」

「我以為我們一開始的前提是，妳問我要不要跟妳談戀愛呢。」
「你那麼聰明應該很明白那是交換關係吧。」
「所以我說我要追妳，而不是說『我們來談戀愛吧』。」
「你很閒嗎？」
「不，我很忙。」
「那你還有空來玩這種無聊的遊戲？」
「如果不是對妳有興趣，我何必花時間跟妳出去吃飯還聽妳碎碎唸？」
「碎碎唸？算了隨便你。」
「妳啊，把妳的精明用在愛情裡不好嗎？」
「如果用理智談戀愛，那還算什麼戀愛。」
「那我，就為了妳破例把理智扔掉吧。」

□

巧克力蛋糕跟草莓奶酪要選哪一個？
人的腦細胞大概就是被這種進退兩難的取捨問題給殺死大半，尤其是相似度很低的兩個選擇更是如此。都是甜點。之外呢？就是因為巧克力蛋糕的口感跟草莓奶酪的味道差太多，所以完全無法下定決心。

但是沒有辦法兩個都吃，因為附餐只能選一樣。

也不能兩個都不吃，因為我想吃甜點。

不吃甜點並不會造成什麼實質上的差異，說不定還能減低一點變胖的風險，但在胸口造成的那股鬱悶感只會隨著時間的流逝而更加濃烈，想吃甜點的慾望也會越來越強烈。

愛情的本質跟甜點是一樣的。雖然只有少部分的人會對甜點上癮，但大多數的人都捨棄不了愛情。

沒有愛情死不了人，一樣可以吃好睡好但就是有種不完整的感覺充斥在胸口，少了幾塊的拼圖還是看得出原本的樣貌，然而少了那幾塊就是拼不起來，寧可全部打碎也不要把沒有填滿的拼圖掛上牆邊。愛情就是這麼強人所難的存在。

我就是用那包灰暫時蓋住拼圖缺塊的部分。

然而現在同時有兩個男人，站在反方向的兩個男人，一起施力拉扯那包灰，也不在乎灰撒出來會沾染得到處都是，總是先毀了它再說吧，這樣我就不得不面對那微小卻刺眼的空缺。

□

我還是覺得邵謙在開玩笑，雖然他那時候的態度認真到我幾乎要相信是真的，但把它當作玩笑會比較簡單一點，至少在我打開信箱之前是這麼想的。

公寓的信箱塞了一封信，沒有郵票郵戳，我想是昨天邵謙來的時候放的。有點潦草但很漂亮的字跡。

「我不是在開玩笑。」

被折成三疊的Ａ４大小的白紙只留下這句話。

所以一直到和丁丁一起坐在咖啡廳的椅子上，我的腦袋還是處於空白的狀態。空白跟亂七八糟，很輕易的就選擇了前者。

麻煩死了。

「妳在發什麼呆？」丁丁問道。

「如果有兩個男人同時在追妳，妳會怎麼辦？」

「選喜歡的那一個啊。」

「如果很難取捨呢？」

「看哪一個比較有未來吧。」

「什麼未來？」

「看妳會愛誰比較久，或是誰會愛妳比較久之類的吧，不過小蘋應該會考慮『這個人適不適合結婚吧』，反正就是這類的考慮吧。」

「如果完全沒有頭緒呢？」

「那我也不知道該怎麼辦了，沒遇過這種狀況啊。」

服務生端來冒煙的可可，我需要大量的糖分和咖啡因。

「該不會妳是在說自己吧？好棒喔，我也想被兩個男人同時捧在手心上。」

「我什麼時候說了『捧在手心上』這種話了？」

「被追求的時期啊，是女人最幸福的時候了。快點招供吧，很久沒有聽見妳的花邊新聞了呢。」

「沒什麼好說的。」

「很不夠朋友耶，上次那個也是突然說『我有男朋友了』，我都還沒見到他，接下來妳就一句『喔、分手了啊』，連妳在戀愛的感覺也沒有，妳真的很不夠意思。我每次有喜歡的人、有什麼進度可是都鉅細靡遺的告訴妳了耶。」

「是妳自己想說吧。」

「王亞蘋！」丁丁怒了。

嘆了一口氣，「嗯，就，阿海。還有上次我媽拉我去相親的對象。」

「然後呢然後呢？」

「就這樣啊。」

「啊？細、節！妳對他們的感覺，跟為什麼難以取捨之類的。不過妳說的是阿海學長嗎？天啊我大學的時候很迷戀他耶，一看就是標準好男友。」

「前幾天阿海和阿裘約吃飯，我就一起去了，然後他送我回家，說了一些話之類的，總之他似乎對我有意思。」

「好好喔，那另外一個呢？帥嗎？」

「跟阿海差不多程度吧——如果妳是說長相的話。跟那傢伙吃過幾次飯，滿聊得來的，但應該是最不可能對我有興趣的人，昨天突然說要追我。大概是這樣吧。」

「天啊小蘋好幸福，但如果是這樣真的很難選耶。丟銅板吧，另一個問為什麼的時候，就說『這是命中註定』，很完美吧。」

「我不該問妳的。就當作妳剛剛什麼都沒聽到吧。」

「選一個人本來就沒有理由啊。」

「妳剛剛明明說要考慮東考慮西的。」

「唉呀，但那是有理智的時候啊，但通常選擇的時候都沒有腦袋了啦。就是一時衝動選了那個人啊，另一個人就只好說再見啦。」

「不會遺憾嗎？」

「怎麼可能不會，但只要是人哪會沒遺憾。路上帥哥那麼多，牽著我男朋友都會想說，如果晚一點說不定我男朋友會是那個帥哥，這種大大小小的遺憾只要是在感情裡一定會有的。」

丟銅板嗎？能那麼簡單就好了。

然而此刻的她並未挾帶愛情走向我，所以如果能在現實之中建構愛情，那麼即使有瓦解的一天，我所看見的也還是那個她。

序　一個女人與一個男人的左右為難　邵謙

第一次見到她是在一場喪禮，她穿著簡單大方的黑色小洋裝，很輕易就能融入人群的那種打扮。事實上我也一樣，不會出錯的襯衫與黑長褲，一走入會場就看見各式各樣和我穿著類似的男人與男孩。

這種場合，低調安靜是最好的方式。

事實上我並不認識喪禮的主角，那是母親朋友的兒子，意外車禍之類的，但在走進喪禮會場之前我就知道我來這裡的目的並不是悼念，而是母親藉機安排的相親。

很諷刺吧，明明是該嚴肅甚至哭泣的場合，卻像聯誼會場一般充斥著「好久不見呢」、「你們家孩子都這麼大了」這類的對話寒暄，只有在家屬走近的同時會試圖擠出稀薄的同情和早已準備好的慰問。

家屬會想著「他們都特地來了」，參與者則想著「我已經好好的傳達了我的同情」，於是又各自進行動作。

喪禮不過就是儀式。安慰家屬以及紓解參與者道德意識的場合。

就是在那個午餐會場我看見她。

她很安靜、置身事外一般的仔細咀嚼著碗中的食物，我明白她就是母親想介紹給我的主角，我不知道她自己知不知道自己已經被推上舞台，總之一點應對的舉動都沒有。連微笑也懶。

順著相親的固定流程，母親和她的母親相互介紹，並互相吹捧，最後我和她被留在午餐的會場外。

「我可以自己回去，這裡公車很方便。」

「嗯，我也得坐公車回去。」

「我以為你開車。」

「早上是。但剛剛我媽開走了，跟你媽媽一起。」

「是嗎？」

最後我和她搭上同一班公車，沒有任何交談的結束了那場有些可笑的相親，被用力推上舞台的兩個人都置身事外，當初我是這麼想的；然而被推上舞台的人，在燈光打亮的同時，也不得不開始這場表演。

第二次見到她同樣是彼此母親的安排，我和她兩個人如同被設計一般坐在餐桌兩端沒有話題的對望著。

她是個比起漂亮更適合用可愛來形容的女孩，然而此刻的我毫無談戀愛的心情，也沒有步入婚姻的打算，大概結束這頓午餐之後就真正結束了吧。

「透明系愛情作家？」

「妳看那種書？」

「那種書？我以為那是從你腦袋出來的東西。」

「我以為妳對那類書籍沒有興趣。」

「我以為你不會是寫愛情小說的人。」

「能告訴我，妳所以為的我是什麼形象嗎？妳是第一個認為我不會寫愛情小說的人。」

「你離愛情很遠。那只是我以為。」

「離開愛情才能看見愛情。」

「相當富有哲學性。」

「我會把這句話當作誇獎。」

「那你所以為的我呢？」

「妳不想靠近愛情。」

這句話我想很適合當作引起女孩子注意的開場白，但那的確是我從她身上讀出的感覺。之後也毫無火花的閒聊著，語言在我和她之間似乎只是為了掩飾彼此之間的空白，大多數的人都是如此，只要隨手抓些什麼塞進兩個人中間，就能假裝看不見其實什麼都沒有的現實。

「你，想不想跟我談戀愛？」

突然她說出了一句全然在我意料之外的話，讓我不自覺停頓了幾秒鐘，「我以為妳不想沾染愛情。」

「你很適合用來讓我媽停止在我身上展開的行動。」
看樣子是一種交易？
「對我似乎沒有任何好處。」
「踏進愛情裡說不定能開拓你新的讀者群。嗯？」
「很有建設性。」如果這是一場遊戲，「看樣子我們達成共識了。」
「還有。」
「嗯？」
「你叫什麼名字？」

連我名字都沒有記住就提出這樣的交易，真不知道該說她是太有把握還是太過衝動，總之、舞台的燈已經被打開了。

不管開燈的是誰，站在台上的是我和她。

和她吃了幾頓飯，越加靠近就越明白她根本沒有談戀愛的打算，我想那天也是一時興起所提出的交易吧。

然而正因為凝望的是不帶著愛情的她，更能清晰的看見站在我面前的這個女孩。純粹的她。

有點小聰明，事實上是相當聰明的女孩，但只要涉及愛情這一個範疇，她的聰明似乎就全然消逝無蹤。也因此她絲毫沒有發覺，我凝望著她的目光，越來越膠著，之中含藏的情緒也從有趣轉為帶有曖昧的氣味。

一開始她對我說「你離愛情很遠」。

書寫愛情的我事實上比誰都不相信愛情，談過的幾場戀愛也只是驗證了我心中對愛情的假想，虛幻的愛情終究會瓦解在現實之中，正因為抱持著如此的信念才會寫出帶有距離的愛情小說。

然而此刻的她並未挾帶愛情走向我，所以如果能在現實之中建構愛情，那麼即使有瓦解的一天，我所看見的也還是那個她。

我可以抱持著如此的盼望吧。

總之，燈已經被打開了。

這本小說不是為她而寫，然而之中所帶有的改變的確是因她而起，逐漸踏入愛情之中的我，或許會一步步脫離透明系愛情作家標籤，然而如果能書寫更加具切的愛情，那些標籤那些頭銜，是很輕易就能夠被捨棄的。

妳說對吧？

05

「為什麼分手啊?」

「對方覺得不夠。或是我覺得自己沒辦法那麼專心在她身上了。」

「聽起來很無情耶。」

「總比相互忍耐之後相互傷害好吧。」

「感覺沒什麼風險但也沒什麼火花呢。」

「安靜的愛情也是愛情。」

不對。

這個心機男。

作家了不起嗎?作家就可以假公濟私的把這些東西當作新小說的序,然後若無其事的寄給我,附上一張「妳只要看序就好」的字條,連人都可以不用出現。

□

「天啊，我的預購今天下午才會到，妳怎麼就已經拿到書了？」

「別人送的。」我說。

丁丁迫不及待讀起邵謙的新小說，也留給我將近兩小時的空白，我托著下巴什麼也沒做的浪費這兩個小時。同樣是浪費生命，何必花腦袋去看邵謙那種書，發呆還比較不傷腦袋。

「妳看了嗎？」

「什麼？」

「邵謙的新小說啊。再說是誰送妳的啊？妳明明就不看這種書。」

「喔，我是沒看。」

「拜託，妳也多看看愛情小說，可以調劑身心的呢。不過他的序寫得好讓人感動，如果我是那個女孩子多好。」

「哪裡好？」

「拜託，當眾告白耶！每一個邵謙的讀者都會知道耶。」

「知道又怎樣？」

「是不怎麼樣啦，但真的超浪漫的耶。」

不用想了，如果告訴丁丁我要取捨的是阿海跟邵謙的話，她很輕易就會完全偏心到邵謙那一邊。

策略性犯罪者，而且是高智慧型的。藉由群眾的聲浪來迫使對手投降，連武器都不必，完全是借刀殺人，殺完人之後群眾還會褒獎他並給他極高的評價。

「妳在想什麼？」

「想罵髒話。」

「是誰又惹到妳了啊？不過最近有後續嗎？阿海跟另外一個人。不過另外一個人到底是誰啊？」

「妳不認識。」我的視線落在邵謙新小說的封面上，「另一個人寫了……嗯、寫了信之類的，還沒見到面。至於阿海，大概是想留一點空間給我吧。」

一直以來阿海都相當體貼的留下一段適當的距離給我，如果擁抱得太緊的話會很難過的，這種話從來就不必對他說，那種舒適的擁抱，能夠感受到對方的溫度卻又不會壓迫或是太過扭曲。

然而就是還有空隙。

已經夠矛盾的人性在愛情中更是發揮得淋漓盡致——既盼望對方不顧一切的用力擁抱住自己，卻又害怕在對方的懷抱中喘不過氣，而留下適當空間的溫柔，在感受溫柔的同時卻偶爾浮現對方不夠盡力的念頭，塞進那微小空隙的，是從身軀中鑽出的空缺。

說到底，人就是太過貪心的生物。

「那妳自己呢？總要努力一點去釐清吧，一直拖對三個人都不好啊。」

「不過也才一個多星期，說得那麼嚴重。」

「拖了一天很快就一星期，接下來一個月、一年的，倒不如早點解決。」丁丁說。

□

「在想什麼？」

「想你。」

「真是令人開心的回答。」

「在想要怎麼對付你這個心機鬼。」

「不覺得很感動嗎？我的主編跟讀者們回應挺熱烈的啊。」

「那你去追他們好了。」

「沒辦法啊，愛情這種存在，指向哪邊不是我們能控制的。對方沒有任何動作嗎？」

「哼。」

「看樣子使用的策略不大一樣呢。」他笑了，「要不要我替妳分析一下我們兩個人的戰力？」

「當事人是不會公正的。」

「聽聽也無妨吧。對吧。」

「嗯？」用吸管攪動著冰塊多於飲料的檸檬紅茶，大概我不想聽他還是會說吧。

「我們兩個擁有的致勝點跟致命點都是同一件事吶。他是妳記憶中美好愛情的主角，所以很輕易的就能引起妳的愛情因子，但也容易因為想保留那份美麗的記憶而選擇不要任何接續。至於我，因為本來就是毫無交集的兩個人，因此能夠沒有罣礙的重新開始一段戀情，但也容易覺得不想冒險踏出不知道是好是壞的戀情而打消念頭。我說我很中立的，我也不希望妳隨便做決定。」

「例如丟銅板之類的嗎？」

「不，用丟銅板來做決定事實上需要很大的勇氣，把自己的未來或是愛情交給二分之一的投擲，光是要往上拋就是很艱難的動作了。」

「但愛情不就是一種機率性的選擇問題嗎？」

「至少我覺得或然率是百分之百。或者零。」

如同邵謙所說的，我很難想像和一個能夠冷靜分析這些現狀的男人之間的愛情，卻又因為無法想像而帶有一點期待，如果能夠清楚的推想和一個男人的戀情會如何前進，那麼連最基本的感動或者期待都會被硬生生消滅了。

美好且能夠推知的舊有戀情，與從未經驗也難以預想的嶄新愛情，這樣的抉擇無論是十五歲二十五歲或是到了六十五歲，都還是會在心中擺盪不停吧。

我並不是一個勇敢的人，在愛情中尤其如此，然而即使在一出生就具備膽小性格的人，也會存在那麼一瞬間有想要冒險的意念在胸口迸發。

期待的並不是美麗的結果，而是那一秒鐘的火花。即使短暫但絢爛得足以花上一輩子來記憶。

果然是很麻煩的事。

「能夠分享一下你過去的戀愛經驗嗎？嗯，作為參考也好。」

「嗯？不期待妳會是全然不一樣的那個嗎？例如言情小說中的，花心大少從來沒有經歷過真正的愛情，直到遇到女主角，他的愛情只為她生為她滅？」

「我不看言情小說。」

「好吧。大抵都是很平順的戀情，我不是一個會愛得轟轟烈烈的人，但我會很專心的看著一個人。」

「為什麼分手啊？」

「對方覺得不夠。或是我覺得自己沒辦法那麼專心在她身上了。」

「聽起來很無情耶。」

「總比相互忍耐之後相互傷害好吧。」

「感覺沒什麼風險但也沒什麼火花呢。」

「安靜的愛情也是愛情。」

我和阿海的愛情也是很安靜的。靜到只有我們兩個人才能夠聽見。

正因為是如此細微的聲響，我和阿海都格外專注的聆聽，比什麼都還珍惜聽見的聲音，就算是外套拉鍊撞擊到地板的瞬間，都可能掩蓋愛情的呼吸。

那時候的我，就像《藍色大門》裡面那個小孟，總是安靜而專注的凝望著阿海，幸運的是阿海目光投向的是我；然而偶爾還是會有小小的疼痛在胸口蔓延，例如想著「總有一天會說再見」的時候。

這是對阿海相當不公平的一件事，在開始的同時我也預想了結束。勢必要結束的。

如果我和阿海之間沒有一個句號或是斷點的話，那麼阿海就會逐漸被現實吞噬或者拆解，也因為抱持著總有一天阿海會消逝在我的生命的意念，便更加小心翼翼的捧著對他的愛情。

很輕很輕，像是飄落的羽毛觸碰掌心瞬間的那種柔順，但無論如何都不能用力握住。

要說我和阿海的愛情是懸在半空中的也不為過，帶有一些夢想性，其實我從來沒有真正看見過阿海。

我們之間隔著一段名為愛情的距離。

□

很熱的冬天。

嗯，就是很熱的冬天。

我花了一段時間用以懷疑我的季節感以及時間感，終於確認了那的確是個讓人感到悶熱的冬天後，我換上短袖搭上薄外套，順手把傘扔進包包裡。那天是和阿海的約會。

星期六的街道到處都是人，尤其是在台北這種擁擠的城市，來來往往的人們，明明沒有刻意避開，在那一年多裡牽著手的兩個人卻從來沒有碰見過熟人。

「為什麼從來沒有碰見過其他人呢？明明自己走在路上常常就會遇見同學朋友的。」

「大概是知道小蘋不想讓其他人碰見的緣故吧。」

「越不想讓人知道的時候，越容易讓其他人知道不是嗎？而且我沒有刻意隱瞞啊。」

「也許是因為『知不知道都無所謂』吧。」

「阿海你剛剛說什麼？」

「沒什麼。小心一點，已經紅燈了。」

仔細一點回想就能知道阿海在我們的愛情中藏匿了許多情感，也許近似於想大喊卻不能大喊的悶滯。這不是半夜跑到操場鬼吼就能解決的，因為想讓對方聽到卻不是對方想聽見的話語，瘋狂的吼叫也只是更加無奈罷了。

如果阿海當初對我說「我們交往吧」，我想我會拒絕的。即使到了現在我還是認為我會拒絕。

一直關注著我的阿海不可能沒有意識到這一點，當然同樣凝望著他的我也明白他的心思，然而某些時候愛情是一種相互了解並且相互壓抑的關係。即使彼此都清楚的感知到，但只要不說出口，就能收進透不進光的角落。

然而最後阿海決定拉開窗簾並且打開窗，將一年前無法透光的意念完完整整的傳遞給我，不用多說什麼，只要打開窗我就能清楚看見。因為那時的我，是拉上窗簾的那一個人。

一面和阿海閒聊，一面說著「太陽好像有點大呢」，毫不猶豫的就拉起了窗簾，即使阿海覺得昏暗也沒辦法說想要看見陽光這種話吧。阿海實在是太過體貼的一個人了。

那天我和阿海吃著冰淇淋，我很清楚的記得是巧克力和草莓口味，因為那家店就只有這兩個選擇，而我最討厭這種兩難的二選一，所以通常是草莓疊上巧克力或是巧克力疊上草莓，這是店員所決定的順序。

「都沾到了。」

阿海用指腹擦去我唇邊沾上的冰淇淋，溫熱的觸感到現在我還是能夠清楚的想起，因為經過很多次反覆的回想。對於阿海的愛情都是由這些細微的片段堆疊而起的，例如他在說著「小蘋真可愛呢」的微笑、撥動我被風吹亂的瀏海的右手，或是專注凝望著我的雙眼。

片段與片段之間，就是讓我自由填上想像與色彩的空間，這樣的阿海、記憶中的阿海、那樣的阿海，以及一年之後出現在我面前的阿海。其實都是不一樣的。

因此對於「我所看見的阿海」與「我想看見的阿海」和「我能看見的阿海」這些相似但絕對性不同的路徑，站在我面前的是阿海想要我看見的樣態。

那到底是不是我想要的呢？

「為什麼阿海都只吃巧克力口味？不喜歡草莓嗎？」

「男孩子拿著粉紅色的冰淇淋有點丟臉耶。而且，如果能夠純粹的品嚐某個喜歡的口味，捨棄一些也是值得的吧。」

□

一個人走在有些冷清的街上，藉著出公差的空檔緩慢地踩踏著我的影子，有時候人就是需要這種身邊有人，但沒有誰的目光在自己身上的時刻。

如果是單獨在某個空間裡，很容易就會開始浮現一連串的畫面，一個問題牽出另外一個想像，如果人太多或是被人注視的時候，又會感到是不是被看穿的不自在滋生著，所以我很喜歡這樣走在沒什麼人的街道上。比只有自己還要輕鬆。

老實說我的生活還是挺愜意的，邵謙並沒有給我任何壓力，我們還是常常一起吃飯聊天，雖然有些地方開始起了變化，但並不會令人感到壓迫。

「妳這種人如果壓力太大就會縮起來不然就全部破壞吧。」

「你哪來的這種假設？」

「不是假設。是被驗證的直覺。」

「你又從哪裡得到的驗證？」

「那傢伙不是到現在還沒有動作嗎？都快兩星期了，他不是惡作劇就是太了解妳，不過看樣子應該是後者。」

「小時候老師都說我抗壓性很強好不好。」

「妳是跟妳的老師談過戀愛嗎？」

「當然沒有。」

「所以他怎麼會知道妳在戀愛上膽小得要命。」

「是謹慎！謹慎懂不懂！」又開始了，邵謙不知道又在筆電裡打些什麼了，「——你為什麼突然說要追我？」

「很突然嗎？」他微微挑起眉，揚起嘴角，「是比我預計的快了一點，但人生啊愛情啊是很難照計畫的，我也沒想過會突然跑出妳的前男友來。」

「是前前男友。」

「妳很在乎這種小地方？」

「如果在阿海之後隔那麼久都沒交男朋友，不是沒行情就是忘不了他。」
「妳是忘不了他啊，就算交了十個男朋友也不會有所改變吧。」
「你是在鼓勵我投向他的懷抱嗎？」
「如果妳忘不了他的原因是妳還愛他，我不會拉住妳；但是如果忘不掉的原因是那段愛情太美麗，那麼就算妳選擇他也只是會讓彼此更遺憾罷了。」
「如果你是我，你會選誰？」
「客觀的來說呢，會選妳愛的那一個，但這就是妳的問題。不過因為妳沒辦法果斷的決定，就表示我的影響力越來越大對吧。」
「隨便啦，那不客觀呢？」
「私心而言當然是我啊，妳看、外表氣質都不錯，收入也很穩定，亮出男朋友名字還能滿足妳小小的虛榮心，怎麼想都該選我吧。」
「我想像不出來跟你談戀愛的樣子。」
「沒有想像的愛情才會是最真實的愛情。」
「所以你對我沒有任何想像嗎？」
「妳指的是哪方面？」他笑得好……好討厭。
「咳，愛情！」

「會是很自在的愛情吧。但是我從來不會去想像自己的愛情，摻雜越多想像同時也是加諸越多壓力在對方身上，但因為沒有想像的空間，所以我會比任何人都還要專注的凝望著對方，大概久了這也可能成為一種壓力吧。總之，至少我認為，能夠輕輕抱著就能感到安心的人。」

「能夠輕輕抱著就能感到安心的人？」

「要實驗一下嗎？免費的喔。」

「嗯？」

在我慢了一拍之後，邵謙已經伸出手將我擁入懷中，恰好的力道，像是被牢牢圈握住卻不會感到疼痛或悶滯。大概、他說的安心就是這麼一回事吧。緩慢的我把額頭靠在他的胸口，他的心跳他的溫度以及他的呼吸，確實的傳遞到我的身上，連帶的引起震動。

實驗性的擁抱。

即使在我和邵謙之間存在著些微愛情的因子，那必定是相當稀薄的量，所以我所擁抱的邵謙，中間沒有任何愛情阻礙著吧。

大多數的人都是因為愛情而相互擁抱，然而同時彼此之間也相距著愛情的

距離，所以太近會讓頭悶在愛情裡，太遠卻又感覺無法確實觸碰對方。

愛情拉近了兩人，也阻隔了彼此。

大概邵謙說的想像也屬於構成愛情厚度的元素之一。

阿海和邵謙對我而言是全然不同的兩個開始。我和阿海正是由愛情相互走近，在擁抱的同時也能嗅聞到愛情的香甜，包圍我的不只是阿海的雙手還有愛情的薄膜，所以更加讓人悸動；然而我無法果斷的說出，傳入耳邊的心跳聲是不是阿海純粹的跳動。

「有什麼感覺？」

邵謙很輕的將我拉離身邊，帶著淺淺的微笑。他的動作並不帶有溫柔的意味，嗯，不像是一般說著「你好溫柔」的那種感覺，然而在他的動作之中，我卻能感到比溫柔更深刻的專注，只是這樣一個拉開懷抱的動作，但並不只是這些。

我想我慢慢能了解，邵謙所說的專注是什麼意思了。

「很溫暖、香香的。你有用熊寶貝嗎？」

「妳真的，很殺風景呢。」他撥了撥我的瀏海，愉悅的拉開嘴角的弧度，「但不討厭對吧，甚至還有一點享受。嗯？」

就算有打死我也不會承認。

「只要給帥哥抱都是這種感覺啦。」

「嗯？好吧，至少知道在妳眼中我被歸類在帥的那一邊，勝算也大了一點對吧。」

「哼哼，阿海也很帥呢。」

「做人不能那麼貪心，甜食吃太多大不了就是變胖，但男人只能有一個。」

「那你說草莓奶酪跟巧克力蛋糕你會選哪一個？」

「草莓奶酪。」

「為什麼？」

「因為我喜歡清爽的感覺。」

清爽的感覺？

草莓奶酪明明也很甜。

06

並不是一個人才會寂寞，有時候兩個人、三個人反而更寂寞；「明明就有人在身邊啊，但情緒怎麼都傳遞不出去呢」，這種心思開始膨脹的同時，寂寞也逐漸在軀體之中蔓延。

吃著邵謙那天買來的布丁，幸好在過期前一大打開冰箱看見那個紙袋，這個雞蛋布丁還真不是普通的好吃。實在有點過分，這男人已經開始從吃食下手了，果然是心機鬼。

在我準備把最後一口布丁送進嘴巴的同時，電話響了。

我一口氣吞下布丁然後抓起電話，一氣呵成。如果邵謙看到的話大概會說「果然布丁比形象重要多了」這類的話吧。

「喂？」

「是我，阿海。」

「嗯。」幸好我已經把布丁吞進去了。

「我現在在公寓樓下，方便上去找妳嗎？」

「你等一下，我去幫你開門。」

沒多久我和阿海就已經坐在桌子的兩端，面前擺的是今天才買的果汁。我絕對沒有偏心，只是邵謙來的那一天恰好沒有飲料了。

但是現在是流行直接殺到對方家的這種做法嗎？

「大概讓妳很困擾吧，說了那樣的話。」

「我只是，一時反應不過來，畢竟已經隔了一年多了。」

「妳的身邊已經有人了嗎？」

「嗯？」我的右手玩著左手，左手接著反抗右手，「沒有。」

「能給我一個重新努力的機會嗎？」

「阿海……」

「雖然這樣說很沒有男子氣概，但和妳相處的那段時間，我一直到現在都還會想起。一年來沒有見到妳，我怕自己混淆了記憶與對妳的愛情；但那天也對妳說了吧，只要見到妳就能知道答案。即使是沉澱了兩個星期之後，浮現在我心中的答案還是沒有改變。」

我沉默著。

「小蘋，在那段時間裡，我一直小心翼翼捧著我們的愛情，深怕動作太大就會損壞妳對愛情的想像，所以不管那時候我多麼想往前跨步或者伸手抓住妳，在猶豫之後我還是停在原地。但這樣的遺憾只要一次就夠了，所以，能給我一個重新努力的機會嗎？我知道一定不會像記憶那麼美，但我想抓住的是現實中的妳。」

下雨了。

屋子裡看不見雨但可以清楚聽到雨聲。阿海清晰而堅定的說完，便留下沉默的空白，彼此淺淺的呼吸被淹沒在雨聲中。不知屋外哪個人太用力的關門，留下撞擊的尾音在我和阿海之間。

聽見這樣的話應該高興的吧，畢竟開口的人是一直以來都無法從胸口移位的主角，然而在感到些許心悸的同時，混雜了相當複雜的猶豫與為難。都已經把他燒成灰還好好打包起來了，就算放在自己面前也還是已經變成灰了。

死灰復燃。如果燃燒完全在化學上是不大可能的吧。但複雜的點就是從我也分辨不太出來到底燃燒是否完全這件事開始。

「很困擾吧，小蘋妳對這種事一向很遲鈍呢。」

「什麼？」遲鈍？

「太誠實了嗎？」

阿海笑得好溫柔，但好像有點不一樣，印象中的阿海，和現在坐在我面前的這個阿海。距離逐漸被拉開了，已經不像套色失誤一樣模糊，而是一點一點分裂成兩個完整的個體。

明明就都是阿海。但卻讓人感覺彷彿只要拿著美工刀就可以把兩個身體乾淨俐落的分割。

「那個時候的阿海，一直都在忍耐嗎？」

「也不算忍耐吧，雖然愛情本來就很任性，但也處處需要忍耐吧。該怎麼說呢，總之是很矛盾的狀況吧。」

「感覺——不太一樣了。」

「嗯？」

「現在的阿海。」

「這是好事還是壞事呢？」他的笑容微微透著光，「如果讓妳看見各式各樣的我，可能性會不會比較大呢？」

□

雨還在下。

從那天下午開始就下個不停，空氣裡佈滿了潮濕的味道，稍微大力一點呼吸就會讓胸腔黏滿水氣，說不定早就已經滴滴答答的在我體內撞擊，只是因為雨聲太大而聽不見從自己內部發出的聲響。

和平時一樣的處理著工作室往來的信件、阿袁要的資料，偶爾接幾通來自客戶或者廠商的電話，明明是沒什麼兩樣的工作內容，卻因為雨的緣故而讓人完全提不起勁。

並不是因為不喜歡雨天，相反的正是因為太過喜歡了。所以才覺得這種天氣不應該工作。

那個時候常常和阿海撐著傘走在學校的路上，偶爾會碰見他的或我的同學，但只要簡單的介紹「這是社團學長」再順勢轉移話題，下次見面大多都不會提起阿海。因為雨讓人沒有太多探究的心思吧。

「阿海喜歡雨天嗎？」

「嗯，該怎麼說呢，喜歡下雨的感覺，但不喜歡雨天出門。」

「我很喜歡撐著傘走在路上呢。下雨的時候空氣感覺特別好，而且因為撐著傘，所以遠遠看見不想打招呼的人就可以把傘壓低當作沒看見，就算和對方交談也因為雨所以很容易就能結束。」

「如果是這樣，出太陽的時候妳也可以撐傘吧。」

「因為透過雨看見的風景很漂亮啊。像是看著阿海從雨中走過來，不是會有一種越來越清楚的感覺嗎？這樣的畫面，會讓對方變得比平常還要特別呢。」

「對妳而言，我算是特別的存在嗎？」

「嗯？」

那時的雨聲太大，我並沒有聽清楚阿海的聲音，之後問著「剛剛阿海說什麼呢？」他也只是微笑回答「我也忘了呢」；然而其實是隱約有聽見的，等到我終於辨認出那句話，雨已經停了，而那個問號像是被隱沒在那一場雨之中，停了、也就說不出口了。

到底什麼樣才能算是特別的存在呢？

爸爸、媽媽、弟弟那樣的牽絆？或是丁丁這種可以交換心事的關係？

在愛情所謂的特別到底該如何定義呢？

雖然能夠很獨裁的以直覺概括，但事實上並不是這樣的吧，每個人心中都有一個衡量的標準，就像什麼樣的人或是到什麼程度才認為這個人是朋友，而又要靠得多近才足以分享心事。

阿海對我而言絕絕對對是特別的吧。然而這種特別擺放到了愛情之中，依然能夠果斷的說出「你是特別的存在」嗎？

那個時候的我並沒有去面對這個問號，所以留下太過模糊的交界，太深的曖昧與太淺的愛情，往前往後都為難，然而當初為難的人是阿海，而現在他把問號丟回到我身上。

報應。

這種事果然沒辦法拍拍屁股說不管就不管。

「小蘋，下午有電話嗎？」

「嗯？」我抬頭看見阿裘站在我面前，楞了幾秒鐘才理解他剛剛說的話，「喔，沒有。」

「妳怎麼了嗎？」

「沒有啊。」

「感覺妳最近很常發呆。」

「是嗎？大概是雜事多了一點，抱歉我會認真上班的。」

「沒有太大影響發個呆我是不會介意啦，但是雜事——該不會是因為阿海吧？」

「啊？呃……也不是啦。」

「猜中了啊？感覺吃完飯之後沒幾天，妳就開始有發呆的跡象，但今天實在是太嚴重了一點。怎麼，他想追妳啊？」

「大概，吧。」

「那小子都不通知的，不過他從大學時期就一直很注意妳，對妳的評價很高呢。」

「是嗎？」

「需要我當軍師嗎？如果你們兩個在一起，以後我就變成電燈泡了啊。」

「我需要一點時間來想這件事吧，嗯。是這樣沒錯。」

「也是。好朋友跟自己告白實在需要時間好好想想，反正妳不要混淆友情跟愛情就好，需要意見的時候隨時都可以找我。」

「你通常怎麼分辨自己愛上一個人？」

「感覺吧，就會有點不一樣。妳知道，愛情是一種本能，所以需要靠一點野性的。」

「那如果愛情跟友情混在一起呢？」

「果然很難辨呢，所以我從來不找身邊的人下手。總之妳可以多跟阿海出去幾次，給他個機會，妳也可以感覺到底是不是愛情吧。至少妳不會對朋友有心臟怦怦跳的感覺吧。」

但是阿海的定位早就不在朋友那一塊了。單就心跳速度這點來看，好像也沒有辦法……但如果這麼跟阿袞說，我想我今天大概會被他拿刀架著脖子一五一十的招供。

「嗯，感覺。大概知道了。」

「不管怎麼樣，不要因為同情，也不要因為不想失去這個朋友，沒有愛情但硬要談戀愛的兩個人，只會失去更多而已。」

得到和失去在很多時候是相互黏合的，像是得到金錢失去時間這種簡單易瞭的事情，或是得到愛情失去自我這種隱微的改變。

不管多麼強調自己在愛情之中沒有失去，但一個人和兩個人就已經不一樣了吧，不認為自己有所失去的人，大抵都是認為自己所得到的可以完全掩蓋過失去的那些，或是作為一種逃避的自我防衛。

不寂寞也是一種失去。

其實人是很需要寂寞的。雖然說被寂寞包圍的時候會有一點難過還有一點悲傷，然而卻是最能看清自己的時刻，並不是一個人才會寂寞，有時候兩個人、三個人反而更寂寞；明明就有人在身邊啊，但情緒怎麼都傳遞不出去呢，這種心思開始膨脹的同時，寂寞也逐漸在軀體之中蔓延。

□

那個時候偶爾我會感到寂寞，在看著阿海的時候。

明明他就這麼認真的擁抱著我，明明就靠得那麼近，明明就不是一個人。越這麼想就越寂寞吧。

到底是為什麼呢？

「你會覺得寂寞嗎？」

「偶爾吧。即使有小蘋在，但有時候正因為在身邊所以不得不看見兩人之間的距離吧。那時候特別會感到寂寞，就是在想往前走卻不能移動腳步的時候。」

「不夠靠近嗎？我們。」

「每個人對距離的衡量是不一樣的吧。對妳而言適當的距離，對我而言適當的距離，兩個人設下的標準是很難吻合的，所以在愛情裡每個人都不斷讓步也不斷跨步。靜止的愛情就不是愛情了。」

「這樣不是很痛苦嗎？明明靠得那麼近，卻還是覺得遙遠。」

距離最近的人反而覺得離得最遠，因為看得太清楚全然無法忽視之間無法貼合的事實。

世界上最讓人痛苦的並不是必須接受事實，而是無論如何都不願意接受——但它仍然是個事實。

那個時候的阿海抱持的是什麼樣的心思呢？因為太過珍惜這份愛情，還是太過珍惜我？

「這世界上還是有很多事情是即使必須忍受痛苦，也不願意放手。」

最後放手的是我。

看準了那個最適當的距離，在最美麗的時間點，帶著微笑鬆開雙手。以太過輕快的口吻說著「到此為止吧，謝謝你給了我一段美好的回憶」，認真檢視那時的自己，或許會發現起初走近阿海就是為了一段回憶。

置身事外的話，不管從哪個角度看都會覺得阿海很可憐，一開始就被當成祭品了，雖然是漂漂亮亮的展示品，但無論如何祭品標本之類的，就是得被拋出現實的意思。

其實我已經不愛阿海了。

大概是在製作標本或者火化的過程中，現實中對阿海的愛情也逐漸消失殆盡，流逝的部分則被密實的塞進記憶畫面之中。「我是很愛他的」跟「印象中我是很愛他的」這兩句話的意義截然不同，但大多時候我們都省略了「印象中」這個開頭。

但就算知道對阿海的愛情已經被浸入福馬林保存密封，但那是那時的愛情。「那時的」愛情，並不代表現在和他之間不會產生新的愛情。

就這點而言，或許阿海和邵謙是站在類似的位置。

對於阿海因為曾經有愛情，所以能夠輕易的得到「跟這個人在一起會得到幸福的吧」的推想，然而正因為曾經有過，所以不管怎麼樣現實的愛情是絕對不會比過去還要美麗，何況對象是同一個人。即使要重新開始，迎接的也會是平順但平淡的愛情吧。

而邵謙在我的愛情記憶中一片空白，沒有任何預設的架構，因而期待也多了那麼一點、同時不安也濃重了一些，「跟這個人在一起究竟適合嗎？」這種疑慮讓雙腳的移動顯得困難。太過聰明的邵謙，萬一我在愛情的世界跟不上他的步伐，他會不會停下來等我？

所以呢？

說愛情，兩個都沒有。

但對愛情的期待，兩個都有。

□

「那妳現在想談戀愛嗎？這才是重點吧。」一向浪漫過頭的丁丁這次卻直截了當地命中要害。

「兩個，都不錯啊。」

「太貪心會遭天譴的，何況是愛情。」

「人家不是說愛情是貪心的嗎？」

「拜託，那是一對一的時候好不好，哪來兩個人都要還說這種話？」

「說說不行嗎？」

「另外一個人到底是誰啊？」

「很重要嗎？何況妳又不認識。」

「我可以幫妳鑑定啊，再怎麼樣我的戀愛經驗比妳豐富多了。」

「談戀愛比較多次有時候代表沒有戀愛的能力。」我說，「欸，平淡但幸福機率很大的愛情，跟無法預知未來的愛情，妳會選哪一個？」
「很難選耶。嗯……總覺得會隨心情而改變耶。如果是現在的我，應該會選前者吧，跟現在這個男朋友談戀愛實在很難捉摸，感覺有點累呢。但是，我總覺得重點不是在這兩個裡面挑一個耶，是那兩個人妳要選哪一個吧。」
「這樣不就又繞回原點？」
「不一樣啊。嗯，阿海是前面那一個吧。」
「嗯。哪裡不一樣？」
「重點應該是，妳願不願意為了阿海甘於平淡的愛情，或是妳願不願意為了另外一個人冒愛情的險。總不可能兩個答案都是肯定吧。」
「如果是呢？」
「要嘛就是兩個人真的都太優了，要嘛就是妳三心二意該閉門思過。」
我嘆了一口氣，「太受歡迎也很困擾呢。」
「妳可以再討人厭一點沒關係。不過，他們知道有另外一個人在追妳嗎？」
「阿海不知道，另外一個人知道。」邵謙可是知道得一清二楚吶。
「是喔。另外一個人怎麼會知道啊？妳跟他說的嗎？」
「嗯。」

「為了引起他的好勝心?」
「不是。」
「不然呢?」
「問他說我該怎麼辦。」
丁丁差一點就把水吐出來了,她花了一點時間才讓自己回復到鎮靜的狀態,我一直覺得丁丁很適合去當舞台劇演員,無論是表情動作反應都誇張得讓人無法融入,就像走錯地方一樣。但如果不被硬拉進她的情緒是挺有趣的。
「你們到底是什麼關係啊?問追妳的人要怎麼二選一?」
「嗯,很奇怪嗎?」
「不會。真的不會——」她突然提高了音量,「不會才有鬼!」

07

我怎麼有點感覺，這頓晚餐像是兩個同病相憐的人的分享，說著「都是因為你害我沒辦法好好跟其他人談戀愛」，另外一個人則回答「你以為我就能嗎？」，所以接下來呢？哪個人開口說「那我們還是在一起吧」，接到棒子的另一個人該說些什麼呢？

「好，那就重新開始吧。」這樣？

「看來對方行動了啊。」邵謙悠哉地說。

「哼。」

「這樣也好，讓妳太安逸實在不是很公平。」

「真是對不起呢。」

「其實妳是知道答案的吧。」

「什麼答案？」

「要選哪一個我想妳還是很猶豫吧，但我想妳到底還愛不愛那傢伙這個問題，大概已經差不多解決了吧。」

「那你說，是要選一段帶有美麗過去而且感覺就是會很幸福但已經知道模樣的戀愛，還是要重新建構一段連自己都很難想像發展的戀愛呢？」

「很哲學性的問題呢，的確是兩難。安逸跟冒險啊，我還是要推薦一下自己，愛情是需要冒險的，對吧？」

「你的客觀分析到哪去了？」

「這種是個人選擇性的問題，只有偏好沒有正解。」

「一點建設性都沒有。」

「上次的布丁好吃嗎？」

「幹嘛？」

「我跟阿姨打聽到妳很喜歡吃布丁啦奶酪這些東西，我可是默默在努力呢。」

「你什麼時候跟我媽關係那麼好了？」我的公寓地址也是從我媽那裡賣出去的，是真的把自己女兒當作滯銷貨嗎？「再說，默默努力就好，幹嘛特地到我面前張揚？」

「有些事不說對方永遠都不會知道吧，做得要死要活結果對方根本沒發覺，連一句『原來你努力了』都得不到，我不做這種犧牲奉獻沒人知的白工。」

「功利主義。」

「愛對方愛到連自己都可以丟掉，都已經到這種程度了，但對方完全不知情的跟另外一個人過著幸福快樂的日子——妳會有這種偉大胸襟嗎？」

到底是從什麼時候開始，我們吃飯的地點從餐廳移到我的住處呢？

然後對方還很自在地在廚房泡著他帶來的紅茶，旁邊盤子上放的是看起來很好吃的奶酪。還是草莓口味的。

「至少要讓對方知道妳很愛他吧。」

「如果造成對方困擾的話？」

「考慮那麼多還算什麼愛情。」

「我以為你談戀愛很理智。聽起來很熱血啊。」

「也是可以很理智的做這些事吧，我可是很理智的把序寫成情書呢。」

「聽起來很矛盾耶。」

「我的愛情當然有衝動，所以我喜歡上妳就一定會讓妳知道，而且妳沒有男朋友所以我決定開始追妳，但我的理智是用來讓我的行動不要傷害到妳或者任何一個人，妳說有矛盾嗎？」

「一般人很難做得到吧。」

「所以說妳幸運啊，而且跟我交往妳天天都可以吃到好吃的甜點喔。」

「利誘嗎？」天啊為什麼我就買不到這麼好吃的奶酪，「你以為我會拿我的愛情甚至人生來換甜點嗎？」

「原來已經考慮到人生了啊，真是令人愉悅的發現。」邵謙絲毫不掩飾自己利誘的行動，把他的甜點推到我的面前。心機鬼，居然買兩種不同口味，「為了一個微笑付出妳的愛情，跟為了甜點選擇我，聽起來挺像的啊。」

「根本性不同。」

我還是屈服了，反正只有邵謙看到，所以猶豫了幾秒鐘我就很愉悅的把湯匙移向他的甜點。

「那不過是自尊心的問題罷了。再說，會買甜點也是我的條件之一，跟長得帥、有錢、有才華，都一樣是附屬在我身上的條件。重要的是，妳看見的中心是我就好，我並不會介意妳也一併考慮了那些附加條件。」

「很明顯是置入性行銷，」我指著他的鼻子，「你，就不會哪天發瘋說出『如果我沒錢了妳還愛我嗎』、『如果我變老了妳是不是就會變心』這類的話？」

「不知道。」還真誠實，「但如果我在妳心中的重量無法重於那些附加條件，這種愛情也沒有勉強的意義。」

雖然聽起來是很矛盾的理論，然而卻很簡單。邵謙不介意對方考量愛情的時候參考他身上的附加條件，只要他本身的重量可以大過任何條件就好。

只要他是質點就好。

「你為什麼會喜歡我？」

「能被明確說出來的都是附加條件，所以一般人越聽只會越不開心而已。」

如果說出「因為妳很漂亮」、「因為妳很溫柔」或是「有才華」、「有愛心」這類的理由，雖然我們不斷想從對方探知，卻又私心認定愛情不需要理由，最後在矛盾的迴圈中反覆繞圈圈的也還是自己。

頭暈了之後就把怒氣發洩在對方身上，超過不明就裡的對方的忍耐極限之後，美麗的愛情也就啪一聲瓦解了吧。

不、越愛越傷。

越美麗的想望破碎之後越心痛。

「那說不出來的呢?」

「直覺。**因為恰好是妳吧。**」

「恰好?真是不討喜。」

「愛情本來就是機率性問題,正因為恰好是妳,所以才會有愛情吧。」

「你跟多少人說過這種話?」

「只有妳。」他喝了一口紅茶,大概已經涼了吧,「大概只有妳這種怪人才會懂吧。」

因為恰好是妳。

這句話一直繞在我的腦中,像是蜜蜂一樣拍著翅膀嗡嗡嗡的響著。

恰好。

恰好?

我一直在想,愛情的存在究竟是一種註定或是一種選擇,有些人總是說著「沒辦法呢,就是喜歡上了」,但另外一群又說著「因為別人介紹,慢慢的就愛上他了」,

到底愛情是不是能藉由努力而產生呢？或者一動也不動的躺在床上盯著天花板還是不得不愛上那個人？

不可能有答案的。

雖然理智上很清楚的明白，但就是會不斷的思考這類的問題。就像理智上知道不能被邵謙買的甜點引誘，可是最後還是把手伸向罪惡的開端，想著吃掉也沒有關係吧。想著，說不定會有答案的吧。

人其實是很自虐的，在愛情裡尤其自虐到讓人不可置信。

□

「妳也知道要回家啊？人家阿謙比妳貼心多了。」

阿謙？叫得那麼親熱是感情好到這種程度嗎？「他又做了什麼？」

「什麼他又做了什麼，阿謙上次打電話問我妳的地址，沒幾天就帶著點心親自來說謝謝，明明只是小事。你們進展得不錯吧，他時常打電話來問一些妳喜歡的食物啦、興趣什麼的，人家很積極呢。阿謙條件這麼好，妳不好好把握一定會後悔。」

「他那麼好的話妳跟他在一起好了。」

「如果早個二十幾年，就算要我倒追我都肯。」天啊，媽也倒戈得太乾脆了一點吧。

「隨便啦隨便啦，小凱呢？」

「在房間裡啦，最近一回家就躲進房間也不知道在做什麼。」

走進弟弟的房間，順手把媽的絮絮叨叨關在門外，「你在幹嘛？那麼用功。」

「下禮拜期中考。最近媽老是阿謙、阿謙掛在嘴上，妳男朋友喔？」

「還不是。」坐在床沿，隨手抓了一隻布偶扯著它的耳朵，「你有女朋友嗎？」

「有啊。」

「你怎麼知道你喜歡她？」

「感覺吧。一開始是一群人都不錯，又常出去念書唱歌之類的，久了就越走越近，在一起好像也很自然。」

「一開始是好朋友啊……你怎麼知道自己沒有把友情跟愛情混在一起？」

「因為對其他女的就沒這種感覺啊。再說，就算混在一起也沒關係吧，反正只要心裡有『我想跟這個人在一起』的想法，就夠了吧。」

——我想跟這個人在一起？

「欸，二選一的時候你通常怎麼決定？」

「看是要選什麼吧，兩個男人喔？」
我敷衍的嗯了一聲。
「滿有行情的嘛。看妳出車禍的時候直覺會想打電話給誰吧。」
「這什麼決定方式？！」但好像有點道理。
「人在危急的時候，第一個想到的都是自己打從心底最想依賴的那一個人吧，妳就看那兩個男人哪一個先浮上來啊。」
「你挺有經驗的嘛。」
「這跟經驗沒有關係吧，是愛情智商的問題。姊妳那麼聰明，八成是因為把愛情那塊的腦移到其他地方去了。」
「你又知道。」
「有眼睛的都會知道。妳以為媽幹嘛那麼緊張？就是因為妳遲鈍啊。妳知道高中的時候老是跑來家裡找我的學長或是同學，有一半的人是為了妳；全世界都知道他們對妳有好感，只有妳真的把他們當作我朋友一視同仁。一次是遲鈍，兩次還能忍受，三次以上妳就沒救了。」
「我那麼有行情喔？」
「是他們眼睛有問題。喜歡上妳多累啊，光要讓妳搞清楚到底喜不喜歡就夠麻煩了。」

「你說得很開心嘛。」用力推了他的腦袋，「你覺得人為什麼會愛上另外一個人？是註定還是出於選擇？」

「都有吧。」哪來那麼不負責任的答案，「大概一開始會對誰有感覺是註定的吧，連自己也不知道為什麼會覺得她跟其他人不一樣，但是要不要加深這樣的感情是出於自己的選擇吧。像是要不要多了解她，或是要不要接近她之類的。」

「果然每個人答案都不一樣啊……」

「這是當然的吧。愛情本來就沒有參考答案啊。」

□

我看還是丟銅板好了。

或是安排一頓晚餐三個人面對面好好的聊聊天也不錯。

我想根本不可能吧。如果想像的話，大概阿海會被太聰明的邵謙欺負吧，但又可能邵謙完全受不了阿海的溫柔而不發一語。總之不大可能吧。

所以餐桌上的人就只有我跟阿海，硬要算的話就是本來應該要出席但臨時有事的阿裘。臨時。感覺很老套吶。

「該說阿裘很貼心嗎？」

「他不管做什麼事都很積極吧。」

「所以我該積極一點嗎？」阿海問。

「也不是。就，阿海跟阿裘是截然不同的兩種類型吧。」

在一大堆菜名裡毫不猶豫的點了奶油蔬菜義大利麵，接著很流暢的選了紅茶，結果又卡在焦糖布丁跟草莓慕斯上了。

「那就一人一種吧，」阿海輕快地點完餐，微笑似乎帶有一點懷念的味道，「小蘋還是沒變呢，總是拿甜點沒轍呢。」

「大概是死穴吧。」

「我覺得很可愛啊。每次看見妳這麼認真的在做選擇，就會知道妳是真的很喜歡，有時候都會嫉妒它們呢，能讓妳那麼專注的思考。」

「嫉妒？對甜點嗎？」

「很奇怪嗎？」他輕輕笑出聲，「什麼都可以嫉妒的吶，只要奪走妳太多的注意力，就會想把妳的臉轉過來要妳看著我呢。」

「我怎麼都，不知道。」

「如果那時候真的這樣把妳的臉扳過來了，連我也不知道會怎麼樣呢。往好處想是妳會覺得很受重視，往壞處想就是感覺壓力太大而跑開，**兩個終點就像圈跟叉一樣，因為想得到圈所以很想作答，但又因為害怕被打叉所以不敢動作，猶豫到最後不管是圈還是叉都得不到了。**」

「為什麼是我呢？」

「嗯？」

「為什麼阿海會喜歡上我？」

「我不知道呢。如果要說優點的話，很簡單就可以舉出來，像是可愛聰明想法很特別之類的。但如果要理由的話，什麼都可以是理由，也什麼都無法成為理由吧。」

服務生送上了沙拉，我看見一團綠色之中夾了一條紅椒與一條黃椒。又是討人厭的紅黃椒。照例我用叉子把它叉起，在扔到碗前方的動作之前，「阿海會一覽無遺吧」這樣的念頭讓我把紅黃椒又扔進了碗裡。

果然阿海跟邵謙還是不一樣吧。

「我記得妳很討厭甜椒。」

「嗯。吃起來很噁心。」

「可是有些事就算記得還是感覺不一樣了。不管是小蘋或是我，現在已經沒辦法理所當然的牽起妳的手了呢。但是可以從甜椒開始吧。」

阿海叉起了我碗中的紅黃椒放進自己的碗裡，以前的我總是很直接的把它們扔進阿海的盤子中。因為不想看見啊，這麼對阿海說，就算是藏在我看不見的前方，它們還是存在吧，所以最乾脆了事的方法就是找個人直接消化它們。

或許也不是這麼簡單，因為對方能帶著微笑把自己最討厭的蔬菜吞嚥下去，所以就算是其他討厭的什麼，他也能微笑著幫我擋下吧。

我猜想在我與阿海的那段愛情，之所以能夠如此美麗而乾淨，絕大部分來自於阿海擋去了太多，並且努力擦拭著的緣故。在他與我之間，沒有任何爭吵也沒有激烈的渴求，一開始我以為他和我是一樣的，站在剛好的距離就好。然而現在才明白當初的自己被保護得多好。

所以說我的愛情智商低下阿海要負絕大部分的責任。

並不是想推卸責任，老實說這句話有點酸甜感吧，遇到這麼溫柔的一個人，卻也因為這個人而看不清楚其他可能的愛情。

現在在我面前的阿海，正用著他的溫柔一步一步朝我走近。從甜椒作為開始。

「是因為不想遺憾還是因為愛我？」我突然問。

他停下伸向玻璃杯的右手，又將手放回桌上之後沉默了幾秒鐘，在這空白的安靜之中他始終凝望著我，夾雜著專注與探求。探求。

「兩者都有吧。本來就不是那麼容易放下的事。」

「在那之後阿海談過戀愛嗎？」

「交往過一個女孩子，但大概無法稱上談戀愛吧。」

我怎麼有點感覺，這頓晚餐像是兩個同病相憐的人的分享，說著「**都是因為你害我沒辦法好好跟其他人談戀愛**」，另外一個人則回答「你以為我就能嗎？」，所以接下來呢？哪個人開口說「那我們還是在一起吧」，接到棒子的另一個人該說些什麼呢？

「好，那就重新開始吧。」這樣？

不要，說不定會發現不只是不能跟其他人談戀愛，而是不能跟所有人談戀愛。

想著想著我突然就笑了出來。

「怎麼了嗎？」

「感覺同病相憐啊，我跟阿海。」

「這種事，也只有妳笑得出來了。」

08

那個時候的我想著『說不定可以吧，跟這個人說不定能談戀愛吧』，所以就答應了他的追求。其實對他很不公平，因為一開始看見的就不是他，後來也不是因為愛上他才跟他交往的。

好痛。

好不容易撐到下班，就差一點點就可以走到捷運站了，我蹲坐在捷運出口邊緣的角落，冷汗一滴一滴的從額際冒出。

報應。果然是報應。

早知道昨天就不要吃冰淇淋，今天也乖乖的不會碰冰水，但做都已經做了，痛也已經痛了，現在最重要的是到底我該怎麼回家。雖然就在捷運站的樓上，但人生最殘忍的事情就是看著近得都已經踩在邊緣的目標，卻走不進去。

太近的愛情，太遙遠的你。這時候腦袋沒事冒出邵謙的書名幹嘛，我突然想起什麼，努力的撈出包包裡的手機，接著用不大集中的視線找到了電話號碼，雖然常常說科技會讓腦袋鈍化，但沒有腦袋的時候真的很需要科技。

「喂？」

「救我……」大概他知道真相之後會屠宰我吧。

「妳怎麼了？妳現在在哪裡？」

以最簡要的方式告訴他位置，我已經沒有多說一句話的力氣，痛死了，這個時候就會是詛咒全天下男人最好的時機。

但是來救我的正是一個男人。

「妳還好吧？我送妳去醫院。」他小心地抱起我，大概下一步是要衝到哪間醫院吧。

「我沒事——止痛藥。」

「臉色都已經這麼難看了，妳、妳說止痛藥？妳到底怎麼了？」

「生理痛。」

接著我就任由他把我放進車子裡，然後大概是停在哪裡買了止痛藥，最後默默的把我抱回公寓，安置在床上。中途吞了藥之後，疼痛已經減輕很多，但看著不發一語端來熱開水的他，突然有種躲進被子裡比較安全的感覺。

「好多了嗎？」

「嗯，謝謝你。」

「每次都會這麼痛嗎？」

捧著馬克杯，溫熱的感覺傳入掌心，我努力不要讓語氣透露出心虛感，「……也不是每次啦。」

「嗯？」

「就不小心吃了冰淇淋，又不經意喝了冰開水，唉呀，我都已經那麼痛了。」

「妳活該。」

在說著妳活該的同時，他的手很溫柔地撥著我的瀏海，有那麼一點點愧咎感和滿足感湧上我的胸口。

「我知道不應該說『救我』這麼聳動的話，但是那時候已經沒有力氣了啊，再說……」

「妳沒事就好。」我被他納入懷裡，這樣的他這樣的音調這樣的夾雜著擔心與安心的他，每一個面貌都是第一次進入我的印象。

現在抱著我的人，是邵謙。

那天小凱說，只要出車禍的時候第一個想到的人就是自己最想依賴的人，那生理痛第一個想到的人呢？

因為覺得就算被看到丟臉的樣子也沒關係吧。反正邵謙一開始就已經知道我是什麼樣的人，跟他搶甜點或是相互諷刺之類的，所以就算生理痛的醜樣子被他看到，頂多也只是多一個小尾巴被他捏在手上罷了。

所以如果是邵謙的話，就沒關係吧。

「妳先休息吧，我今天會留在這裡。」

「我好很多了啦，也吃藥了。」

「與其半夜被妳的電話叫醒，倒不如待在這裡。」

「才不會──那你要睡哪裡？」
「地板。不然妳要分一半的床給我嗎？」
「給你被子。你不要半夜偷爬上來。」
「我對病懨懨的女人沒興趣，快點躺好。」
「邵謙。」
「嗯？」
「謝謝你。」
「我這個人不做白工的。」
「那我買布丁給你吃。」
「最後還不是妳吃掉。以後再說吧，快點躺好。」

雖然覺得邵謙睡在身邊的地板上會讓人很難入睡，但大概是藥效的緣故，躺上床沒多久就失去了意識，雖然感覺臉頰有熱熱的觸感滑過，但大概是錯覺吧。

□

就算在夢裡面還是很清楚自己在做夢。

我一個人坐在窗邊，距離不遠處是邵謙和阿海分享同一張咖啡桌，愉悅的喝著茶、各自的前方還放著看起來很可口的草莓奶酪和巧克力蛋糕。

但是我的面前只有一杯水。

他們兩個人氣氛很融洽的聊著天，明明就沒見過面的兩個人，但是聲音傳到我這裡就只剩下聲音了，全然無法辨識內容到底是天氣還是我。偶爾邵謙或者阿海將視線投向我，但並不多作停留，就像是視線隨意在路人身上流轉，連中斷談話的影響力都沒有。

那兩個人真的是邵謙和阿海嗎？就算知道自己在做夢，這種被忽視的感覺真的很不好受。

這就是所謂的預言夢嗎？警告我再這樣拖下去，兩個人就會很有默契的把我丟掉，或是兩個人乾脆就牽手一起離開了，後者大概不大可能（牽手的那一段），但是一起離開的可能性似乎很大。

邵謙會因為努力無效決定不做白工，阿海會因為挫折太傷而轉身離開。

那我呢？

□

「醒了？」睜開眼睛看見的是悠閒的坐在餐桌前的邵謙，掛著帥帥的、很罪惡的笑容，優雅地喝著茶。

「嗯？」我揉揉眼睛，大概是因為剛睡醒目光矇矓才會覺得他今天特別帥，

「……肚子餓了。」

「妳真是一點形象都不顧吶。換衣服出去吃早餐吧。」

「櫃子裡有吐司，今天不吃完會過期。」他是在瞪我吧？

「有蛋嗎？」

我搖頭。

「有果醬嗎？」

我又搖頭。

「那有牛奶嗎？」

「你開冰箱的時候有看見嗎？」

「妳平常早餐就單吃吐司？」

「月底沒錢了嘛。」

然後他很無奈的打開櫃子，接著沉默了幾秒鐘之後，他用著一種讓人很毛骨悚然的語調發出聲音，「只剩兩片妳要我們一人一片嗎？」

「誰會知道今天你會在這裡嘛，下星期就發薪水啦。」

「妳聰明的腦袋都到哪去了？愛情智商低下之外還加上生活白痴嗎？」

好狠！但、但沒有辦法反駁。

他不知道很多偉大的哲學家、科學家或是藝術家，都是缺乏生活能力的嗎？我至少還能養活自己，好好把屋子打掃乾淨耶。

「很好，妳開始欠我越來越多了。」

「作家很賺嗎？」

「去、換、衣、服。」

最後我們坐在公寓附近的早餐店裡。在我要點冰奶茶的那瞬間，想到旁邊坐著一個兇神惡煞就很認命的改點溫奶茶，此刻的我深切的體認形勢比人強這句話，但是怎麼感覺，有點、心情有點好呢。

「吐司會過期耶。」雖然是這樣說，但還是早餐店的三明治好吃多了。

「三明治換兩片即將過期的吐司，應該很划算吧。」

「我媽說，做人不能浪費食物。」

「但可以浪費愛情嗎？」

「呃，」卑鄙，「上下文不通順，聽說某人是作家呢。」

「我以為妳的腦袋在不行使愛情跟生活兩個區域的功能之後，小小的跳躍式對話妳可以相當輕鬆應對才是。嗯？」

「反正浪費的又不是我的愛情。」果然又被瞪了。

「嗯哼。」

「你們難道不能給學習遲緩的人多一點時間嗎？」

「如果有必要的話，我給。但妳最近似乎越來越安逸了呢。」

「天平兩端一樣重的話，要怎麼決定自己要走向哪一邊？」

「選妳想走的那一邊就好。」

「說得很輕鬆吶。」

「不然呢？」

「我是說方法。」

「閉上眼睛妳會看見誰？」

閉上眼睛我會看見誰？

□

「怎麼了嗎？今天一直在發呆。」

「抱歉。最近雜事有點多。」

「很累嗎？抱歉，硬要妳陪我吃飯，但是我真的很想見妳。」

「嗯、沒關係的，出來吃飯也是放鬆的方式之一。」

通常和阿海一起吃飯的時候，他都會讓兩人之間的對話流暢的進行，並不是為了填塞兩人之間的空白，相反的是為了在彼此記憶之中留下更多的色彩。

即使是說著天氣啊路人啊這種不甚重要的話題，卻因為是出自於阿海的口中，因而感知的是關於阿海的印象，說著天氣的阿海，因為放晴揚起的微笑，因為突來的雨而短暫的停頓，就算只是說著「今天晚餐好吃嗎」，也是屬於阿海的記憶。

戀人哪來那麼多說不完的話題，在遇見阿海之前我是這麼對丁丁說的，然而說什麼都無所謂吧，只要說話的人是他就好。

很多時候我們想聽見的並不是多有意義的話語，而是他的聲音。

那個時候的我，也是一邊咬著義大利麵，一邊仔細聽著阿海的聲音吧。

「今天，天氣很好呢。」

「嗯？是啊，下了很多天的雨，終於放晴了。我記得小蘋說過喜歡雨天，這麼一來也不知道是不是該說『天氣很好』這種話。」

「阿海還記得啊。」

「有些事就算很細微，但不必刻意去記就已經忘不掉了。」

「我交往過一個男孩子，在這一年之間。」

「嗯？嗯。」

「大概是因為跟阿海很像吧，尤其是側臉。真的就是從這裡開始的呢，但是越仔細看就會發現越多不同，那個時候的我想著『說不定可以吧，跟這個人說不定能談戀愛吧』，所以就答應了他的追求。其實對他很不公平，因為一開始看見的就不是他，後來也不是因為愛上他才跟他交往的。像是牽手的時候、擁抱的時候或是一起吃飯的時候，很常心不在焉的想著那個時候、那個時候的。
「我想他很清楚吧，我並不專心於和他談戀愛，但是他還是安靜的牽著我的手。大概跟阿海最像的就是這一點吧，很溫柔、但那是會讓自己受傷的溫柔。分手的時候我問他為什麼，他說，如果能慢慢的讓自己蓋過那個影子，是有那個可能性的吧，但最後我還是沒有回答他，記憶真的能說掩蓋就掩蓋嗎？如果用相似的圖案去蓋住，怎麼分辨到底是新的圖案還是舊的圖案呢？這些話，我是第一次對其他人說呢。」

那個人，的確就只有偶然的側臉角度和阿海相像，到底為什麼那時候會有影像重疊的錯覺呢？就是那麼一瞬間，像是古鐘走到了十二點整，時針短針重合的一刻，用力的發出聲響，迴盪在胸口並且引起微微的震動。

所以他牽起我的手時我並沒有抽開，第一次讓他送回家的那段路，重疊在阿海一直以來陪我回家的路徑上。

到底是誰掩蓋了誰？

對不起。那一天我是這麼對他說的。

還是沒有辦法啊，我一直以為努力就能夠跨越的，我想、在小蘋心中的那個人，一定很重要吧。他很溫柔的笑了，即使是在轉身的弧度裡，他也沒有留下任何的責備或者憤怒。

曾經有人對我說，「如果要清空妳胸口的位置需要的是時間，那麼無論多久我都會等」；然而，如果這段長度超越忍耐的極限呢？如果，永遠都無法清空呢？如果，清空之後放進的仍然不是他呢？

這種事沒有親身經驗是不會得到結果的。

「雖然聽到牽手、擁抱什麼的有點不開心，但是我很慶幸他並沒佔走妳胸口的位置。」

「如果我需要清空的是你呢？」

「即使有點難過，但我還是希望能夠重新開始。就算是妳曾經確實感知過的那個我，但變成妳記憶中的畫面之後，就已經和現在坐在妳面前的這個我不一樣了。無論再像都已經不一樣了。所以，我對小蘋說的是，『重新開始吧』。」

不是滿月但月光比滿月更朦朧。

再怎麼不順路阿海還是堅持要送我回家，不管是下雨或者期末考，阿海總是說

「陪妳走這段路比任何事都重要」，大概那時候他不會預料到，有一天我會在這段路的途中跟他說再見。

因為從大學以來就一直住在同一間公寓，所以不管是在遇見阿海之前或是分開之後，幾乎天天我都是踩踏著相同的路徑，一步一步的前進，然而有些時候明明是往前走，卻有種後退的感受。

倒流。

一個人兩個人一個人兩個人，這段路途進行著這類的循環，但是最後只有我一個人不斷的走著。

那裡不是終點也不是起點，只是愛情的折返點罷了。

「只有晚上的空氣比較舒服呢。」

「嗯，下過雨之後也好多了。」

「這星期六有空嗎？」

「嗯？」

「想約妳看個電影或是出去走走之類的，只是一起吃飯好像有點太侷限了。」

「我還……不是很確定週末的事。」

「沒關係，我過幾天再問妳好了，不要勉強，這星期不行，我下星期還是會繼續約妳的。」

「嗯。」

「快到了呢，明明一個人走回去就覺得花的時間有點長，但每次送妳回家就覺得好像走兩步就到了。」

「嗯，我——」

「怎麼了嗎？」

順著我的視線，想必阿海也清清楚楚看見站在公寓門口的人影。影子拖曳得很長，只要我再往前踏個一步就能觸碰。即使沒有物理上的感知，然而只要誰稍微移動，就會讓凝滯的空氣瞬間破裂。

不、不管是誰開始動作都可以，就是不能是我。往前往後都不是正解，至少在當下是如此。

「嗨。」

「小蘋的朋友嗎？」

「嗯。是、是——」是什麼?我朋友、你的情敵、我媽的假想女婿?

「你好，我是邵謙，小蘋的朋友。我只是來拿個東西給她。」

說完他把紙袋遞給我，是我前幾天看見電視說想要吃的布丁。邵謙並沒有多說什麼，禮貌性的和阿海點個頭就帶著他的影子離開，如果我那時候喊住他就好了，不知道為什麼，這樣的念頭在我回到公寓之後就反覆在腦中響起。

「很好的朋友嗎?」

「嗯?」

「剛剛那個人。」

「也不算，但關係不錯吧。」

「感覺有點危險呢。」

「嗯?你說什麼?」

「沒什麼，早點休息吧，妳應該很累了。」

「嗯，晚安。路上小心。」

「晚安。」

在邵謙的背影離開之後，接著是阿海轉身的畫面，如果我繼續站在原地一語不發的話，大概就會是這樣的結尾，而不會有任何一個人再度走來的情節。

在寫小說的時候會怎麼描寫這樣的情境呢？

看著兩個讓自己左右為難的男人，接續步離自己，蔓延在身軀之中的並不是悲傷，而是一股淡淡的惆悵，比織密的網還要稠密，近似於透明的膜，被包裹住的不僅僅是自己，也圈套住對兩者之間的猶豫與情感。

擠壓得那麼近，兩個人卻都已經轉身離去了。

愛情的遺憾大概便是來自於情感的殘留與那個人的不可及吧。

「就算我們兩個是男女朋友，我也沒有限制妳交友的資格，妳有妳自己設下的界線，如果我忍受不了就會告訴妳，無法磨合就到此為止。但是重點是，妳的空間還很大，我不會說什麼。當然，我還是會適當表示一下我情緒事實上滿惡劣的。」

「例如沒有甜點之類？」

「這一個月都不會有甜點了。」

看著手上的紙袋，那個全身上下都塞滿了理智的男人，居然為了自己無心的一句「我也想吃那個」而來。而且那時候的我很沒有形象的咬著湯匙死盯著電視。但是他記住了，並且實現了我不經意的願望。

做人如果能夠心機到這種地步，被他騙似乎也不是件壞事。

「在妳公寓樓下等了半小時，結果看到妳跟情敵浪漫的散步回家，下次把這寫進我的小說裡好了。」

半小時。布丁。情敵。這些因素加起來夠邵謙發火了，但他卻還是一派悠哉的坐在桌前喝著香氣四溢的紅茶，涼涼的發表感言。

換作是我的話，八成已經掀桌子了吧。但是很顯然的今天沒有甜點。

「你是真的喜歡我嗎？」

「嗯？」他挑起眉，饒富意味的看著我，「不然妳以為我很閒？」

「這個時候不是應該，嗯——激動一點嗎？」

「翻桌子之類的嗎？可以啊，如果妳想體驗的話。」

「不用了。」

然後我就毫不掩飾的盯著邵謙，他也一點都不在意我的目光慢條斯理的喝著茶，流竄在我們之間的並不是沉默，那到底是些什麼呢？事實上我也毫無頭緒。總之這段任何動作都沒有的時間，將來回憶起來並不是空白的吧。

果然很難想像，跟邵謙的愛情，一點頭緒也沒有。

「那你多少也鬱悶一點吧。」這比翻桌子安全多了。

「沒必要浪費時間在這種事情上。」

「什麼？」

「對方是情敵，有動作也是正常的，我還不是坐在妳家喝茶了。」

「很意外的貼心呢。」不懂、完全無法理解。

「就算我們兩個是男女朋友，我也沒有限制妳交友的資格，妳有妳自己設下的界線，如果我忍受不了就會告訴妳，無法磨合就到此為止。但是重點是，妳的空間還很大，我不會說什麼。當然，我還是會適當表示一下我情緒事實上滿惡劣的。」

「例如沒有甜點之類？」

「這一個月都不會有甜點了。」

今天才六號耶。「卑鄙。」

「嗯哼。我以為妳很早就知道這件事了。」

「哼。」

「妳可以要那傢伙買甜點給妳吃啊，我想他應該會很樂意吧。」

「呃、好酸。比翻桌子還要可怕一萬倍。」

「很開心妳是在做選擇之前就明白這一點。」

喝完了紅茶，他像是當作在自己家一樣清洗杯子、收拾器具，看著他的背影，似乎和那天所感覺到的不大一樣。然而因為只是背影，就算是直視著對方的表情說不定也讀不出對方的心情，何況只是背影呢，那天那個場景，也說不定加諸了太多出自於我的想像，產生「他可能受傷了」的錯覺。

「我從來沒有要求過阿海替我做什麼。」

「是嗎？」

「嗯。」在回想的時候，我總是習慣玩著雙手，彷彿能夠因為左手與右手的相互觸碰，提醒自己不要陷入記憶之中，「雖然阿海替我做了很多事情，但我從來沒有要求過他。並不是抱持著『反正他自己會做』的心態，相反地正因為他太過貼心而什麼都不敢要求他了。」

「這樣距離只會越拉越遠而已。」

「為什麼？」

「一方因為不知道對方要什麼而拚命的給，另一方因為對方不斷的給而不敢要，這樣兩個人中間堆的東西只會越來越多，不是自己要的就無法消化，所以付出反而拉大了彼此的距離。接著就會感覺越來越不了解對方。」

「所以要怎麼辦？」

「說清楚啊。像是我愛你或是謝謝你這種話，我要什麼跟我不要什麼也是理所當然能被說出口的吧。一直忍耐下去，遲早問題會堆得比愛情還要高。」

「你都不忍耐的嗎？在愛情裡。」

「愛情裡沒有人不需要忍耐。例如我現在就在忍耐。」

「小心眼。」

「妳以為愛情裡有寬宏大量這種鬼東西嗎？」

「他約我週末跟他出去耶。」

「去啊。」

「這麼大方？」

「總要讓妳自己面對『妳已經不愛他』的現實吧。」

「如果我越來越愛他呢？」

「那是我說不願意就不會發生的事嗎？更何況，愛情往往會在限制之下滋生得特別快，因為見不到對方而不斷思念、因為不能愛而越愛，但有時候近距離相處個幾次就幻滅了，所以妳就多見個他幾次面吧，幻滅之後就不用三心二意了。」

「我哪裡有三心二意……再說我見你的次數比他還多耶。」不就幻滅到比粉塵還細了嗎？

「妳對我有幻想嗎？」

「什麼？」

「愛情。」

「喔、根本想像不出來啊。」

「所以才要妳體會跟我在一起的樣子。不同的人有不同的狀況，這是策略性問題。」

□

策略性問題。

所以阿海隔天打電話來的時候——嗯，好。我答應了。雖然我也忘了到底是要去海邊還是溪邊，總之是有水的地方。

——談戀愛需要策略嗎？

——當然啊，就像攻略遊戲一樣，愛情本身就是攻防戰，誰比較愛誰、誰付出的比較多，雖然不能量化，但策略的目的就在於如何讓對方多愛自己一點或是多付出一點。往壞處想的話，走到分手階段同樣需要策略，怎麼讓對方感覺到自己已經想離開了、誰該先開口，分手之後是朋友還是永遠不再相見這類的事情。

——這樣不是很不純粹嗎？

——只是作為保護自己的方式吧，所謂愛情，誰失去自我比較多，誰就輸了。

——所以愛情有輸贏？

——跟比賽那種輸贏還是不一樣啦，但是、愛情裡總有權力關係吧。

——權力關係？

——反正小蘋也不用懂吧，有些人腦袋空空也可以在愛情權力關係的上端。大概妳就是這類人吧。

——為什麼？

——可能是因為幸運，或是小蘋有某種讓對方不得不屈服的能力吧。

這是阿裘的答案。

——談戀愛需要策略嗎？

——多多少少吧，像是怎麼讓對方開心、怎麼拉近距離吧。

——那愛情的權力關係呢？

——權力關係？誰會理會那些，那也是沒辦法的吧，兩個人裡面誰比較有主導權，這是個性或是互動之下的結果啊，刻意取得主導讓愛情都不像愛情了。

這是丁丁版本的解答。

雖然可以很瀟灑的大喊「管他的、去愛就對了」，但地球上大概百分之八十的人沒辦法辦到吧，也有可能是不顧一切想愛就愛的人大抵是外太空移民；有些時候當外星人跟地球人陷入戀情，可能會被外星人左右而一件一件解開綑綁在身上的束縛，也可能因為發現對方是外星人而逃之夭夭。

但如果是外星人和地球人的混血兒呢？或是想移民外太空的地球人呢？

比一般人敢愛一點、衝動一點，又比一般人多了一點不在意。

所以邵謙是混血兒。阿海是地球人。我是地球人。

如果是你，會選擇牽住和自己同類的地球人的手，或是擁抱住和自己相異的外星地球混血兒？

□

「所以，最近有什麼進展嗎？」

「嗯，跟阿海出去吃飯，回來的時候卻——另一個人在我公寓樓下等我。」

「天啊，這麼刺激。那兩個人有沒有波濤洶湧或是互相角力之類的？兩個王子為了爭奪公主的愛情而決鬥，好讓人嫉妒喔。」

「哪個點能讓人嫉妒？兩個王子在自己面前廝殺，起因是自己，會開心的人根本就是無血無淚吧，例如妳。」把丁丁因為興奮而湊過來的臉推開了一點，「那個人沒說什麼，只說是我的朋友，反正就是很平靜啦。」

「可是另外一個人不是知道阿海在追妳嗎？」

「嗯、他還鼓勵我多跟阿海出去。」

「什麼？是他太有把握還是腦袋壞掉啊？要妳多跟情敵出去？會不會是反諷之類的啊。」

「大概是認真的吧。」

「你們兩個，到底是什麼關係啊？完全搞不懂耶。」

事實上我也不太懂。

「那妳最近有要跟阿海出去嗎？」

「嗯，這個星期六吧。」

「要不要來個兩人約會？看見另外一對情侶說不定可以催化你們兩個，再說我也好久沒有看見阿海學長了。」

「重點是妳想來湊熱鬧吧。」

「對啊，很難得妳有這類的戀愛問題啊，身為好朋友的我當然要兩肋插刀啊。」

不應該跟一對閃光一起出門的，而且是身邊站著一個正在追自己的男人。

大概除了某人去上洗手間，兩個人都處於黏合在一起的狀態吧，就是彼此身體必定有部分相連，那種程度就像是如果鬆開手就會失去自己的一部分那樣，但越看越想拿把刀把那兩個人給切開。

「他們感情很好呢。」

「死閃光。」我說。

但卻是我答應讓這對閃光一起跟來的。本來阿海只是計畫到溪邊走走、換個場所，湊進丁丁之後她就很積極的讓簡單的散步變成烤肉之旅，所以那對死閃光很開心的在上演踏水、相互潑水的瓊瑤劇碼，我跟阿海就坐在岸邊顧著烤肉架。

「如果有一天能被別人罵死閃光也不錯啊。」

「你是在暗示過去我不及格嗎？」哼哼，塗個二十層烤肉醬鹹死那對閃光好了，都市的光害就是這群人造成的。

「現在努力還來得及啊，呵。妳烤肉醬塗太多次了。」大概是看穿我的意圖，雖然嘴上這麼說，但另一隻手卻跟著幫我一起塗旁邊那塊肉，「感覺有點不一樣了呢，小蘋以前是不會這樣跟我說話的。」

「所以破滅了嗎？」

「嗯，」阿海搖了搖頭，他的微笑總是好溫柔，「感覺終於能夠看見真正的小蘋了。雖然說必須拿掉愛情之後才能看得比較清楚，所以現在的妳大概對我已經沒有什麼愛情了吧。但這樣也好，重新開始，讓我們重新看見彼此。」

天氣很好、風很涼，如果不理會那對閃光的話，這裡安靜得彷彿能夠聽見自己心臟跳動的聲音，因為阿海的話而有一些悸動，不管怎麼樣我都會永遠記住今天這一幕吧，完整的阿海。

堆疊在我記憶之中的阿海都是片段並以黏貼的方式構成，藉由愛情的透鏡總是放大某一部分或者縮小另一個範圍，因此以這種印象拼貼所呈現出來的阿海會完全不合比例吧，所以為了讓他成為一個完整的模樣，就必須自行修改、轉向，最後也就不是真正存在的那個阿海了。

但是今天，我看見的是完整的阿海。

「果然還是很在意呢。」

「在意什麼？」

「那天那個男人。」

那天那個男人——指的是邵謙對吧？

「嗯。朋友。」

為什麼在猶豫之後還是決定矇混帶過呢？明明和邵謙就可以毫不保留的告訴他關於阿海的一切，而且到了說是報告進度也不為過的程度，但是阿海只是簡單的一個問句，就讓我無法流暢的回答。

到底是為什麼呢？

「是嗎？」阿海把那兩片要給閃光的肉挾到新的盤子裡，「妳知道自己很不會說謊吧。」

不、除了愛情之外的謊言，只要我認真一點就不會有人懷疑，但都說了是「除了愛情之外」——現在不管是阿海或是邵謙，都是屬於「愛情之內」的事務吧。

「他是我媽安排的相親對象。」之一。

「相親？如果是小蘋應該沒有這個必要吧。」

「拜託你這樣跟我媽說。」

「好啊，改天到妳家拜訪一下阿姨也好。」

不要！那只會越來越複雜而已。

「所以他對妳有意思嗎？」阿海問。

沒有的話就不會晚上在公寓外面等我了。「大概吧。」

「看來我得加把勁了。」

「那天你們也沒說到什麼話啊。」為什麼會那麼在意？

「就算是遲鈍的人，在愛情裡面也會變得特別敏銳，尤其只要看見對方的眼神就知道了。那個人，用著跟我相似的目光追逐著妳呢。」

「是嗎？」邵謙的目光追逐著我？

「大概小蘋是例外吧。」

□

通常成為例外的那個人，不是被排擠，就是被捧在手心上，並且這種境遇沒有絕對的標準，一開始被捧在手心上的人，可能就在哪個無以名狀的立刻被彈到被排擠的那一區。雖然本來被排擠的人要被捧在手心困難度大了一點，但總之這都是多種因素交互作用而成的結果。

所以說，說不定我就在吃著甜點的時候毫無預警的被排擠了。

因此在被排擠之前，我決定多做點好事，參加社區辦的撿垃圾活動，雖然主因是媽是社區什麼會的幹部，所以我們全家人都沒有選擇餘地，不過做好事就是做好事，多積點陰德說不定哪天我就突然開竅，不用考慮就知道要往誰的方向走。

但，為什麼邵謙也會出現？

「你什麼時候搬來這裡我都不知道。」

「阿姨問我要不要參加，當然要獻點殷勤啊。」

不用特別注意就知道媽不時把視線投射在我跟邵謙身上，還跟鄰居甲、路人乙、幹部丙大肆炫耀邵謙是個貼心的好男人。小凱想從她身邊逃來我這邊，媽連轉頭都不用就把他拎回去，總之在一群撿垃圾的人裡面，很明顯我跟邵謙的四周被媽畫下「生人勿近」的界線。

「欸，丁丁說我們這種關係很奇怪。」

趁著撿垃圾的空檔，我很認真的凝望著邵謙的雙眼，試圖找尋阿海所說的那種目光，然而無論我怎麼端詳，所能看見的也就只有映照在他幽黑雙眸中我的倒影。

「妳不也覺得閃光們的關係很難理解嗎？每個人有每個人的愛情。妳到底在看什麼？就算我帥也不是這種看法吧。」

「目光。」

「嗯？抱歉妳今天又太聰明了一點，能麻煩說得清楚一些嗎？」

「阿海說，你用著和他相似的目光追逐著我。」可是阿海不會瞪我。

「那妳研究那麼久，看見了什麼？」

「沒有。頂多就是在你的眼睛裡看見我的倒影吧。」

「這樣還不夠嗎？」

把寶特瓶丟進手上的垃圾袋，我的視線定格在邵謙身上，雖然物理上知道只要注視著對方就會產生倒影，但這次就算我再遲鈍也聽得出來他的弦外之音。

在愛情裡最基本也最難得到的就是專注吧。

被注視著的時候，注視著對方的時候，或是相互凝望的時候。

如果某一天有一方突然發現自己已經沒有辦法那麼專心的看著對方了，或是感覺對方的視線時常會移到自己之外的落點，該不該說出口呢？這樣的猶豫會逐漸膨脹吧，到最後就算誰也沒有開口，但從猶豫產生的那一點開始，彼此已經越退越遠了。

那種注視並不是物理性的盯望，而是就算對方不在身邊，還是向內關注著對方。

嗯、就是把對方放在胸口中心的位置。

並不是要求對方把自己擺放在第一位，雖然大多數的人都存在著如此的盼望，然而僅僅需要讓自己透進對方的每一個呼吸。呼吸。說著，**你就在這裡呢**。

嗯、你就在這裡呢。

閉上眼睛就能看見你。

但是那個你究竟是誰呢？

「我的主編問起妳呢。」邵謙並沒有施加更多的壓力，而是在他換了好幾個寶特瓶之後轉換了話題。

「問我幹嘛？」

「問我有沒有興趣幫妳寫篇小說。上次那篇序反應比我意外的熱烈呢。」

「滿街上都是愛看熱鬧的人。寫我有什麼好寫，我們這種關係讀者不會有興趣的，那些看愛情小說的人不就喜歡愛來愛去、劇情高潮迭起的類型嗎？」

「果然是從來不看愛情小說的人的見解呢。妳以為透明系愛情作家的標籤哪來的？」

「出版社用來騙讀者的。」

「很精闢的意見。」他決定跳過這個話題，「愛情小說的主體是愛情，既然我對妳有愛情，就可以寫成小說。怎麼樣，很感動吧。」

「我不要。」

「嗯？」

「就算我之後真的跟你談戀愛我也不要成為你小說的主角。」

「這麼低調？」

「我希望在我的愛情之中，只有我和對方兩個人。」

「那妳覺得——」

「什麼？」

「我是不是直接謀殺情敵比較省力？」

□

是不是要具備某一種特定的性格才能成為編劇？

戲劇是某種形式上的集體期盼的產物，所以我想多看個幾部電影或偶像劇說不定能夠得到一些線索，尤其兩男追一女的這種老梗流行了幾百年，大概以後搬去外太空也還是會繼續流行吧。

總之這個星期我決定誰也不見，不管是邵謙或是阿海，再怎麼說每個星期都和他們見面，連思考的時間也沒有留下。

所以我這幾天就很理直氣壯的當阿宅，下班一回家就死盯著電視或電腦螢幕，我看遍了台劇日劇韓劇，尤其是流星花園我台日韓三個版本看完之後連卡通、電影一起看，而且這些偶像劇的共通點都是甲男溫柔體貼得要命，乙男任性又惡劣，但最後女主角毫無差錯的選擇自虐的那一條路。

總之乙男致勝的關鍵就是不顧一切的愛著女主角。

果然是偶像劇。都不用考慮一下現實的。

所以依照群眾的意念，我應該要自虐的選擇邵謙，跟溫柔體貼的阿海說再見，但我幹嘛這樣虐待自己？

不過邵謙也沒有任性惡劣，只是太過風涼了一點罷了。

重點是他也沒有不顧一切的愛我啊。阿海也沒有。我也沒有不顧一切的去愛哪一個人。

所以說我還是活在現實吶。

不只是小說家，大概我連編劇這條路也沒望了。

「道明寺和花澤類妳會選哪一個？」我問丁丁。

「兩個都要。」

「是誰說過愛情不能那麼貪心？」

「沒辦法，兩個都太誘人了啊。不過如果硬要選一個的話——道明寺吧。到哪裡找那種把自己放在世界中心的男人啊。」

「果然沒救了。」

「每個女人都希望遇見一個全心全意愛著自己的男人，如果這個男人都可以為了自己跨越任何阻礙了，那麼把自己交給他也就不用懷疑吧。」

我左手托著下巴，右手拿著筆自己跟自己玩圈圈叉叉，怎麼樣都不會有勝負的吧，因為對手是自己。

「為什麼愛情會佔據我們大半的心思呢？明明就還有很多事情可以做。」

「因為對方是陌生人吧。愛情的深度可以跟親情一樣深，但是大部分的人不會擔心被家人拋棄，但幾乎每個人都曾經對『會不會走不下去』感到不安吧。再說，戀人可以換，家人不能換啊，當然是愛情的戲分多。」

「真是可怕的女人。」
「我只是藉由愛情來滋潤我的生活。」
「妳覺得我媽會選哪一個？」
「什麼？」
「她跟妳完全不同類型，如果意見一樣的話……」

所以我在丁丁楞住的同時，很順手地撥了電話給我媽。

「是小蘋喔。」
「嗯，是我。我有問題要問妳。」
「什麼問題要問我？對了跟妳說，隔壁劉媽媽跟王媽媽都很欣賞阿謙呢，聽說王媽媽女兒還是邵謙的書迷，還說要簽名呢。下次妳和阿謙——」
「媽！邵謙的事以後再說，我現在有問題要問妳。」
「什麼問題啦？這麼緊張的樣子。」
「道明寺跟花澤類妳會選哪一個？」丁丁很乾脆的把耳朵也貼到了手機上。
「這什麼問題啊？我還以為妳發生什麼事了。他們兩個喔，當然要選花澤類啊，男人就要選溫柔體貼的，就像阿謙那樣，道明寺那種愛得要死要活，活著就算了，一不小心就死了吧。對了，我剛剛說妳跟阿謙這星期六——」

「媽！」媽已經完全被邵謙吸收了，照她的邏輯不就道明寺是邵謙，花澤類也是邵謙嗎？反正媽的選項也就只有他一個。「我改天再打電話給妳。」

不等媽回答立刻切斷電話，但是貼在我手機上的另外一個人不是按下通話結束鍵就能輕易打發掉的。

「妳看，我選道明寺，阿姨選花澤類，這種問卷調查妳問一千個人也不會有信度的啦。就跟妳說愛情是自己的事了。不過阿謙是誰啊？就是另外那一個嗎？看樣子已經打通阿姨那一關了啊。」

「是相親對象啦，所以搭上我媽也是正常的。」

「所以呢？」

「所以什麼？」

「這樣問來問去有頭緒了嗎？」

「完全沒有。」

「所以說，與其浪費力氣去問每個人的意見，問問妳自己的意見比較快。」

10

「走進愛情本來就是自虐的舉動。誰沒事要為了一個陌生人投注那麼多心力，忍耐這個壓抑那個，而且基本上是無法計算投資報酬率的，所以愛上一個人就是自虐的開端。人性本自虐，這就是現實。」

「那為什麼要這樣虐待自己？」

「從中得到快感吧。」

「所以妳一口氣看了九部偶像劇？」

「不行嗎？」

「如果一部偶像劇平均集數二十、一集一小時，乘以九部，妳浪費了一百八十個小時的生命吶。」

「我很認真在找線索。」

「那妳找到了嗎？」

「沒有。一點頭緒也沒有。」

「那要不要我提供妳一點線索？」

「什麼線索？」

「妳過來一點、嗯哼、再過來一點……」

接著就在我跟邵謙距離一步的距離，瞬間我完全明白他所謂的線索是什麼。他的唇貼上我的，我並沒有閉上眼睛，他也沒有，但很清楚的感覺到他眼底的笑意和一點點的、不懷好意。他的呼吸他的溫度他的味道，全然無法閃躲。他的手很安分，只是輕輕的牽著我的手。

實驗性擁抱完之後是實驗性接吻，那接下來？

「有一點頭緒了嗎？」

「趁人之危！」

「我很盡心盡力吶，要不要分享一下妳的感覺？我可以免費幫妳分析。」

邵謙臉上掛著很愉悅的微笑，坐回餐桌前，饒富興味的望著我。如果我真的跟他說剛才的感受，接著他又很客觀的分析，這樣我們兩個人的關係不就越來越難以定義了嗎？還要加上難以理解。

但是別人要怎麼定義要怎麼理解，根本不關我的事吧。

「感覺——有點熱耶。心跳好像有變快。但是沒有很緊張。」

「簡單的來說，就是我對妳有正面影響力，但還不足以把妳拉來我身邊。」

「某種程度上你很有耐心呢。」

「這是指要再來一次的意思嗎？」

「所以你說，我是不是也該親一下阿海收集更多的線索？」

「的確是經濟效益的方式，但就私心而言，極度不推薦這種做法。」

「那你說要怎麼快刀斬亂麻？」

「再試進階一點的好了。」

「什麼？」

這次邵謙略帶侵略性的擁抱住我，「閉上眼睛」，在我耳邊低聲的這麼說，接著很溫柔的吻著我。吻並沒有持續很久，但我的呼吸已經充滿他的味道，他仍然沒有鬆開環住我的雙手，低聲耳語。

「是不是開始考慮直接投向我懷抱了？」

□

做人怎麼可以那麼心機。

抱完了親完了，現在還坐在我家餐桌前。

那天媽在電話裡一直沒說完的是「這星期六妳和阿謙一起回家吃飯」，所以我們一家四口加上邵謙五個人剛好能圍起圓桌。當初媽買餐桌的時候，堅持不買方桌，說是圓桌可以坐進比較多人，而且不管是幾個人都不會有不協調的感覺。

所以就算邵謙坐在這裡，也絲毫沒有突兀感。實在是太過和諧的畫面了。

我都開始懷疑他是我媽的兒子，我才是被帶回家的那一個。

「對方很積極耶，接下來媽就會幫妳準備婚禮了。」小凱說。

「吃你的飯啦。」

我才二十二歲耶，再說就算要結婚也不是這樣不明不白的吧。

媽才是很三心二意的人吧，以前也曾經說過阿海會是個好老公。對了，阿海也曾經坐在這張餐桌上，肇事者同樣是媽。

我也忘記是因為重感冒還是腸胃炎，總之好幾天都躺在床上發著高燒，阿海始終待在我身邊照顧我，所以媽帶著雞湯到我公寓時看到的就是將我照顧得無微不至的阿海。

那個時候的媽說，知道妳身邊有一個這麼體貼的男人，媽就不用擔心妳在外面出什麼事了。

在媽毫不放棄的攻勢下，病才痊癒不久，阿海就陪我回家，大概精確的來說是和我回家然後他陪我媽吃飯。雖然已經是一年多前的事情，但就算是十年前的往事，媽也不會忘記吧；然而在她有次提起阿海而我淡淡的回答「不知道」之後，媽就再也沒有提過他。

在媽的眼中，如果是阿海跟邵謙，她會希望我走向哪一邊呢？

大概媽只會說「妳幸福就好」這種話吧。但究竟什麼才算是幸福呢？平順溫暖的擁抱，或是相互了解的支持？

不知道。

「妳居然把最後的雞塊挾給他不挾給我，我才是妳女兒吧。」

「吃太多雞塊會變胖的，再說人家阿謙難得來家裡嘛。」

「給小蘋吧，」接著他順勢將碗裡的雞塊挾到我碗中，「如果她喜歡的話全部都給她也沒有關係。」

心、機、鬼。做人怎麼可以那麼心機！

「聽得我都害羞了，小蘋妳就體貼一點，妳看人家阿謙對妳這麼好。」

人家阿謙、人家阿謙的，利誘色誘之後現在換親情攻勢了嗎？

但如果靜下來思考，大概我根本無法想像邵謙會做出這些事來，印象中他是理智而旁觀的，嗯、就算在他這麼做之後也沒有改變對他的印象。因為是邵謙吧，所以做什麼事都會合理的樣子。

或許正如同邵謙說過的，因為彼此是在愛情產生之前就看見對方的模樣，所以不管他走向哪邊或是改變姿勢，都還是原本的那個他。因為沒有想像的阻礙，所以每一個動作都是邵謙。

「姊遇到的都是好男人吶，真不知道妳運氣怎麼可以那麼好。」小凱壓低聲量試圖躲開媽太過靈敏的耳朵。

「什麼？」

「之前那一個啊，就是帶回家吃飯那一個，感覺也是個好男人啊。」

「如果是你會選哪一個？」

「不知道。不管對方優點有多少，萬一喜歡上的是個流浪漢，兩個人擺在一起也還是一樣。」

「為什麼他們會喜歡上我？」

「腦袋壞掉之類的吧。」

我踢了他一腳。

「因為沒有壓迫感吧，感覺跟姊談戀愛的話，會很舒服。」

「舒服？這什麼形容詞。」

「我是妳弟怎麼可能會知道其他人為什麼會喜歡上妳啦，直接問前面那個不是比較快嗎？」

「問過了啊。」

「那他說什麼？」邵謙就算了，連自己親弟弟也要跟我搶食物。

「恰巧。恰巧是我。」

「很誠實嘛。沒有說什麼註定是妳這種話。」

「你女朋友有問過你這個問題嗎？」

「有啊。不過我就很直接的告訴她我不知道。」

我看著跟爸媽愉快聊著天的邵謙，再這樣下去他真的會融入我家了。從我這個角度望去，恰好能看見他的側臉，始終掛著淺淺的微笑，但這種笑容跟平時與我相處時的角度不大一樣，這樣一直盯著他看，連我都要相信他是溫柔體貼又善解人意的好青年了。

「這麼迷戀我嗎？還明目張膽的盯著我看。」

我收回了目光，視線落點移到了前方那盤空心菜，「做人太心機會遭天譴的。」

「為了妳，遭天譴也沒有關係啊。」

「花言巧語是你的新手段嗎？」

「如果妳喜歡聽的話，我可是有很多名言佳句呢。」

「例如？」

「嗯——即使靠得那麼近，沒有將妳擁入懷裡我就感覺自己不完整。」

「咳、咳。」沒必要挑在我喝湯的時候說這種話吧。

「小蘋妳怎麼了?喝個湯也這樣。」

「妳沒事吧?」邵謙用著很誠懇又略帶擔憂的完美表情問著我,右手還貼心的幫我拍背,眼角餘光瞄見媽很開心的笑了,但左耳卻聽到邵謙壓低的聲音,「也沒必要感動成這樣吧。」

「你一定會遭天譴的。」

「那妳會心疼的。」

□

躺在浴缸裡,溫熱的水氤氳的霧氣,還有我緩慢的呼吸。我半瞇著眼睛,望著水面下的手,明明就是透明的水,我所看見的手卻完全失真。

透過愛情所看見的對方也是如此吧。

不管是水或者是愛情,都是一種失真。所以那場雨和之後的愛情,都成為讓我看不清阿海的原因吧。

第一次見到阿海的那一天下著很大的雨,即使撐傘也會全身濕透的滂沱,我站在社團教室外的走廊下,慶幸著因為提早了半小時所以沒趕上那場雨,但突然想起

「遇雨取消」這四個字，又旋身走出教室，在廊下等著雨停。

社團教室某種程度上很偏僻，所以平時看不見什麼人出入，於是我就安靜的站在原地凝望著毫無減緩跡象的大雨，想著「是不是直接衝進去比較快呢」，卻又移動不了身體。公寓和學校的距離不是簡單淋濕那麼近，而且我忘了帶傘。

阿海正是在那場雨中毫無預警的跑進了我的視野，在雨中、並且是在我的凝望之中，所以對阿海投注的第一個目光就已經是凝望。

「雨很大呢。」全身濕透的阿海，還是笑著對我說話，「妳是社團的學妹嗎？」

「嗯。」

「活動取消了，我擔心有人在這裡等。」

「所以淋濕也沒有關係嗎？」

「這也是沒有辦法的事，洗個澡就好啦。」

「為什麼不撐傘呢？」我看見他手上拿著沒有張開的傘。

「撐到半路發現已經快全濕了，就乾脆把傘收起來了。看樣子好像得在這裡等雨變小了。」

應該很冷又很不舒服吧，但是在那裡跟我聊了半小時的阿海始終掛著溫柔的微笑，為什麼呢？後來我這樣問著阿海的時候，他告訴我「因為有人和我一起等雨停吧」；然而雨停之後，我已經習慣用凝視的目光望向他，就像拿著加厚的透鏡，關乎於阿海的一切都被放大。

那個時候的我，時常都是想著阿海的吧。

現在雨不只停了，連加厚的透鏡也被收起，然而阿海還是站在我面前。是真的阿海吧。

曾經我這麼問過他，在他第一次擁抱我的時候，是真的阿海吧，我這樣問著。

「當然是我。為什麼這麼問呢？」

「因為想確認自己感覺到的真的是阿海。」

「只要在妳身邊的我，就是真的。」

在那一年頻繁的相愛之中，我不斷感覺到、觸碰到的阿海，他說、只要在我身邊的他，都是真的。

然而那時在阿海身邊的我，是真的自己嗎？

「阿海看著我的時候都在想些什麼呢？」

「想妳。」

「嗯?看著我然後想我?」

「有什麼正是因為凝望著，所以才會更看不清楚吧。每次這樣看著妳的時候，總會想著『她在想些什麼呢』這樣的問題，雖然說直接問說不定就能得到答案，但總是想要自己猜透吧。只要看著妳就能理解妳，大概我很期待能做到這樣吧。」

「阿海沒有辦法理解我嗎?」

「偶爾吧。人還是沒辦法完全理解另外一個人啊，所以才需要努力吧。」

那個時候的阿海想必很努力吧，但是得到的結果大概並不是他所期望的，所以才會辛苦的忍耐著。說著我愛妳的時候，到底我有沒有回應過他呢?不，阿海從來沒有對我說過那三個字，大概只要一被說出口，我就會往後退了吧。

比曖昧深但比愛情淺的狀態，身處之中的我和他，我愛你這三個字是必然會破壞現狀吧，那被我小心捧在掌心上、輕飄飄的愛情，如果加諸了那三個字的重量，那個時候的我是承受不住的。

說不定會鬆手摔破喔。如果能輕鬆的這麼說，對阿海其實是很無情的吧。

「越看著妳越思念妳呢。」

「什麼意思呢？」

「沒什麼。」他很溫柔的擁抱著我，「記得。只要妳回頭，就能看見真正的我；而我，一直站在這裡等妳回頭。」

那是阿海第一次吻我。

很溫柔很溫柔的一個吻。

「我一直都會站在這裡等妳回頭。」

□

你還是站在那裡等我嗎？

「第一次見到阿海的時候雨也是這麼大呢。」

「幸好那時候我跑過去了。」

「如果不是我站在那裡，遇見另外一個人的阿海說不定會愛上別人呢。」

「也說不定那裡一個人也沒有。但幸好站在那裡的是妳。」

雨下得很大，在雨打濕身體之前我和阿海躲進了一間咖啡店，冒著熱氣的可可，如果不喝的話很難知道它不是咖啡吧。雖然說能夠嗅聞，但在瀰漫著咖啡氣味的空間中，會感覺自己的嗅覺一點也不可靠吧。

說著「好香喔」這種話的人，到底聞到的是手中那杯咖啡的氣味，還是混雜了整個空間各式各樣氣味的結果？

「那個時候我有試著喝咖啡呢。」

「嗯？」

「因為從來不喝咖啡啊，所以在那一年的開始我買了一罐咖啡粉，『如果做些自己從來不做的事，會不會更容易適應所有的變化』，大概是這樣想的吧。但是最後那罐咖啡送給丁丁了。」

「妳有感到難過嗎？那時候。」

「有一點吧，」我捧著有些燙的杯子，小心的喝了一口可可，「但比較像有個東西不見的感覺。有點奇怪，有時候會突然停下來想『到底到哪裡去了呢』，很輕的一種失去感，但始終沒有辦法說出『不見了就算了吧』這種話。」

那是一種很輕很淡的惆悵感，一直在自己掌心上的羽毛突然被風吹離，自己身軀的重量並沒有改變吧，然而望著自己的掌心的時候，會發現什麼都沒有。空蕩蕩的，試圖去回想曾經在那個位置的羽毛，卻發現自己沒辦法好好的描繪它的樣貌，因為一直以來都懷抱著「因為它在手中啊」的想法，所以並沒有仔細的記憶它。

也因此才添加越來越多的想像吧。

「那下次回去找吧。」

「嗯？」

「回學校散散步吧，說不定能讓妳找回不見的東西。」

「你是說愛情嗎？」

「如果是的話就太好了，但也不知道妳的那股失去感是來自哪裡吧。就看我夠不夠幸運了。」

「阿海有失去什麼嗎？」

「妳。」

「我？」

「那個時候我所失去的並不是愛情，而是妳。」

我是能夠被失去的嗎？

□

那天太過無聊所以看了邵謙的小說，就是在書店看見的那一本。

不能相愛的兩個人，失去的究竟是愛情還是彼此？

「你為什麼會寫出那樣的小說來？」

「得不到的愛情總是最讓人盼望的。」

「那在身邊的愛情呢？」

「我要的並不是盼望也不是愛情，而是能夠讓我感覺愛情的妳。」

「一個人真的能擁有或失去另外一個人嗎？」

「能、也不能。如果是意志或是身體這類，就算是結婚了也不能支配對方吧，但是專注或是愛情是能夠被擁有的。」

「欸，我說。」

「嗯？」

「我們去約會吧。」

邵謙停下正在打字的雙手，抬起頭望向我，彷彿是在辨認我話意的認真程度，最後他勾起嘴角的弧，「要開始走向我了嗎？」
「除了撿垃圾之外，我們都是在吃飯吧。你不是說既然想像不出來，那就體會不同的你，所以應該要從事點別的活動吧。」
「真是令人愉悅的試圖。要不要到妳上次去烤肉的那個溪邊？」
「嗯？為什麼？」一般人應該會說「我才不要跟妳去妳曾經和情敵一起去過的地方」吧。
「相同的地點、相同的活動，最好連天氣都一樣，控制了所有環境變項之後，妳就能清楚比較兩者之間的差異了吧。」
「不要。」
「嗯？」
「這樣我不管之後跟誰在一起，就會想起『我也曾經跟另外一個人來過這裡呢』，受害的還是我。再說，如果最後我沒有跟任何人在一起，不就要更辛酸的想著『我跟他們兩個都來過這裡呢』，根本是自虐。」
「就算是這樣，也是妳活該吧。」真是風涼的男人，「不管最後妳選擇誰，另外一個人都會成為妳的遺憾。我是帶著這樣的覺悟追求妳的。」

在兩個人的愛情之中存在著某一方難以忘懷的遺憾，要承認並且接受這個事實需要很大的勇氣吧。

到底他望向我的時候，看見的是我還是他的遺憾呢？一不小心就會浮現這樣的念頭吧，這樣想想，邵謙在某種程度上也算犧牲奉獻吧。

「大家都很自虐耶，不管是你還是阿海。」

「走進愛情本來就是自虐的舉動。誰沒事要為了一個陌生人投注那麼多心力，忍耐這個壓抑那個，而且基本上是無法計算投資報酬率的，所以愛上一個人就是自虐的開端。人性本自虐，這就是現實。」

「那為什麼要這樣虐待自己？」

「從中得到快感吧。」

邵謙右手支撐著下巴，似乎是決定專心和我聊天了。最近我和邵謙的相處越來越日常了，雖然一開始就已經不介意在他面前出醜，絲毫沒有形象的顧慮，但這種充滿生活感的互動方式，總感覺有點危險。

「感覺，很M耶。」

「所以它的市場相當大呢。」

邵謙走進廚房泡了紅茶，還真的是當自己家了，但看在提早解禁的甜點上，借他熱水用用也沒什麼大不了的。吃著他今天帶來的布朗尼，真的到現在點心都沒有重複過呢，是記憶力太好還是太過用心呢？

雖然邵謙曾經說過他不會白白付出，但認真觀察就可以發現他其實默默為我做了很多事，就算只是無心的一句話，他仍然很認真的看待。其實重複也沒有關係啊，我就算天天吃一樣的甜點也可以的，就算這麼跟他說，他大概也就微笑的繼續帶著不同的點心出現，即使是日常也不是一成不變的。

這樣的日常，好像一點都不會無聊呢。

「你不覺得我們這樣的相處，太過日常了嗎？」

「天天上演偶像劇情節，妳總有一天會彈性疲乏。」

「人總是需要浪漫的吧。」

「嗯？」

「這樣以後回憶起來，才會說『那一天啊如何如何』這種懷念的話吧。」

「真正讓人反覆回憶的，通常都是日常的感動。」

所以我才會反覆想起那個時候阿海的微笑吧。

說著「今天天氣真好呢」的弧度。

為什麼會不斷回憶起那個畫面呢？那個透著光影的他的微笑，比日光還要溫暖，接著他牽起我的手，說著「這種天氣最適合散步了」，風輕輕淡淡的，阿海的味道順著風飄送過來，清新的沐浴乳香味，和他的存在一樣讓人感到安心。

阿海在身邊呢。那時只要這麼想著，就會有種安心的感覺呢。

「為什麼呢？」

「嗯？」

「在你身邊的時候總會想起阿海，跟阿海相處的時候，又會想起你呢。」

「人都是需要透過某些存在去觀看另外一個人的，雖然很不喜歡這樣的現狀，但正因為有那傢伙的存在，妳才會更清楚的看見我。」

11

他說：「我不會再靠近了。」

「什麼？」

「我們現在距離一步那麼遠，但那剩下的最後一步決定了我們是否會有共同的愛情，所以我會停在這裡，等妳。」

「如果……」

「無論是我，或者那傢伙，等的都是一個如果，所以妳只要考慮妳的愛情就好。」

即將從樓頂墜落的那一瞬間，你希望拉住自己的手是誰？

高中的時候我時常想著這個問題。雖然很多朋友，也有一些追求者，但總有某些時刻感覺這個世界只剩下自己一個人，尤其是站在人群之中的時候，特別的強烈。

那個時候進入我想像的人，是當時的暗戀對象，雖然是這麼說，但也只是某種形式上的情感寄託罷了。像是偶像這類的存在，藉由想像對方的存在，而讓自己的高中生活不那麼單調貧乏。

反正無論如何他都不會知道吧。我是這麼想的。

不管是那個男生或是阿海，都是相同類型呢。外型啊、談吐，甚至是微笑的方式，大抵我曾經喜歡過的異性都是可以被放進類似框框，有點像偏好巧克力口味那樣吧。

所以愛情其實是存在著偏好的吧。

那種輕飄飄的愛情，就像看日本純愛電影那種漂亮乾淨的畫面，不管是笑的時候還是哭的時候，都還是感覺之中的愛情相當純淨。意識到這點的那一刻起，我再也不看愛情小說和純愛電影。研究指出愛做白日夢的人比較不幸福，雖然起因不是那樣，但如果繼續抱持著這種脫離現實的幻想，大概就沒有辦法好好融入吧。

嗯，沒辦法好好融入自己的愛情。

在阿海之前，我有過一段短暫的戀情，很單純的那種學生戀愛。大概一半以上是出自於實驗性的交往。

雖然不得不承認那就是我的初戀，但也讓我明白現實中的愛情的美好度是有一定賞味期限的，或許相距的距離也有關連，總之感覺他越來越靠近的同時，我卻默默的一步一步往後退。

太近的話看得太清楚。

讓我太清楚看見，當時的我要的是愛情不是他。

我的初戀在夏天開始，在秋天結束。從此之後我再也沒見過那個男孩，只是偶爾想起他的時候，就會想起當初那個問號，「即將從樓頂墜落的那一瞬間，你希望拉住自己的手是誰？」

那個時候的我，應該——只要被某個符合偏好的人拉住就好了吧。

當愛情不需要特定的某個人，那麼愛情也就不過是愛情而已。

但是從來我們想得到的，除了愛情本體之外，還有自己。我們都試圖在愛情之中尋找完整的自己，透過他的目光他的擁抱或者他的微笑，將自己手上握有的拼圖和來自於他的拼圖組合，期盼結果是一幅生動的自己。

「透過你我看見自己。」

哪天，我也能這麼對著某個人說吧。

那一個只想被他拉住的人。

□

「很久沒有回來了呢。」

「嗯，畢業之後我就沒有回來過了。」

走在久違的校園裡，在趕課時感到特別漫長而在阿海身邊感到特別短的那條路，在那四年之間至少走過上百次了吧。

不斷踏著、踏著的過程中，我的人生也是這樣一步一步走過來，自己一個人的時候、有阿海在的時候、跟朋友結伴的時候，或者只是不認識的陌生人們，生命就是這樣藉由不同人的來去所堆累而成的吧。

不管經過的是誰，就算沒有注意到也好，都已經成為構成人生中某個片段的元素之一。

所以阿海在建構我的愛情同時，也建構著我的生命吧。

「真是懷念呢。才剛走進來，腦中就不斷浮現學生時代的畫面呢。」阿海說。

「這是老化的跡象之一喔。」

「那我大概已經沒辦法了吧，一直都在想著和妳在一起的那些畫面呢。」

「阿海最常想起什麼呢？」

「那場雨吧，第一次見到妳的那一天。還有和妳走在這條路上的時候。」

相同的場景，相同的阿海，但感覺已經有微妙的差異。即使抽離了愛情這個最大的因素，我所感覺到的阿海也還是和那時的他有所不同。

我們回憶著那時候，社團的某某人，哪個共同上過課的教授，或是某個校慶的無聊活動。聊著工作、生活，這一年來他所不知道、我所不知道的人事物，他在國外的生活，以及我在台灣的踏步。

毫不相干的兩個人，彼此的記憶緩慢的重疊又逐漸錯開，而阿海正試圖停下錯開的彼此，並且再次讓兩人的記憶有所重疊。不必藉由過去的開場，而是能夠很自然的說出「今天的晚餐很好吃呢」這樣的言語。

現在。無論對過去多麼難以忘懷，我們所追求的依然是現在。

阿海握住我的手，不時碰觸的手臂與手臂之間，偶爾傳來他的溫度。在他伸手的那一瞬間，我的思緒有暫時的凝滯，我只是看著自己的影子，狀似若無其事的和他聊著天，沒有抽離我的手，也沒有回握他。

「阿裘一直在打聽我們的發展呢。」

「是嗎？他只有提過一次而已。」明明工作時都會見面的。
「大概是因為能夠看見妳吧，例如有沒有戀愛氣氛之類的。」
他的聲音振動著笑意，透過空氣、或者透過他的掌心，傳達到我的身軀之中。
假日的傍晚並沒有多少學生，來回行走的或許都是一些正在回憶著的人吧。
「他都說些什麼呢？」
「例如，到什麼程度之類的。」
「這種問題——」果然是野獸派的信仰者。
「當然是矇混過去啊，不過他說，最近小蘋似乎有點不一樣了。」
「什麼不一樣？」
「開心了一點、也常發呆了一點。他說是陷入愛情的徵兆。」
「我怎麼都沒發現？」
「因為這不是妳的專長吧。阿裘很開心的跟我分享這個發現。但是，我能期待那個人是我嗎？」

期待越高失望越大。我並不想給予他任何過高的期待，但此刻的我卻任何話也說不出來，也許是阿海吧，但又也許是邵謙吧。

然而在我意識到之前，就已經被某人察覺，愛情的因子在我身軀之中滋生。那麼一直專注在我身上的兩個人，也早就明白了吧。

「那阿海看見什麼了嗎？」

「如果認真辨識，就會知道那個人是不是我吧。但是這一次，我想讓自己努力到小蘋自己看見答案的那一天。」

阿海握著我的手用力了一點，但他還是輕輕的微笑著。

然而正因為微笑太輕，所以感覺愛情太重。

並非沉重的負荷，只是阿海所給予的，已經不再是過去如羽毛般輕飄飄的愛情了。

「其實我很害怕看見答案。」

「我也是。但因為害怕所以有所期待吧。」阿海停下腳步轉身面對我，「如果因為害怕傷害任何一個人而拒絕看見答案，帶來的傷害只會越大。」

「愛情，勢必要受傷的。」

□

「你看，我的臉上有寫著『我開始陷入戀愛了』嗎？」我問邵謙。

「嗯？」

「因為有人說，看見我身上有陷入愛情的徵兆。」

「那傢伙？」

「不是。我老闆。至於那個人，他說他想等到我自己揭曉答案。」

「既然對方不作答，那我也不打算回答這個問題。反正既然都有人感覺妳已經開始有愛情的氣氛了，選項也只有兩個吧，跟一開始的預設是一樣的啊，很開心妳剔除了兩個人都不打算選的這個選項。」

「從三分之一到二分之一嗎？」

「不，從頭到尾都是一或者零。妳愛我，或者妳不愛我。」

愛情如果真的能夠這麼斷然，就不會拉扯出複雜的關係線了吧。例如有一點愛甲，又有點在意乙，最後選擇的卻是最愛自己的丙，這種事時常出現的吧。

到底為什麼要選丙呢？

當自己最愛的，和最愛自己的，指向並不是同一個人的時候，究竟會走向哪一方呢？

不那麼相愛的兩個人往往比太過相愛的兩個人幸福，這又是為什麼呢？

「到底為什麼你們可以清楚知道自己愛的人是誰？」

「因為我們不是愛情白痴。因為我們沒有多個選項。因為我們願意揭開答案。」

「你是在拐個彎數落我嗎？」

「我還以為妳聽不出來呢。」

這傢伙說話真的越來越惡毒了，連微笑也恰好停在很閃亮亮的弧度。現在的畫面就是邵謙笑得很白馬王子，但句子裡面的含義卻比巫婆還要惡毒。然而不管是誰都只會看到他微笑的樣子吧，感覺他、惡毒得很真實。

連我也越來越自虐了嗎？

「欸，你是在追我對吧？」還是其實根本是我嚴重誤解？

「我以為我表示得相當明顯。」

「可是你說話實在很惡毒、非常的惡毒，讓我嚴重受到打擊。」

「我只是在幫妳認清事實罷了。更何況，妳有被這些話傷到嗎？」

「是沒有……」

「在我所能做到的範圍內，我絕對不會傷害妳。」邵謙的眼神突然異常認真，「如果有一天我的愛情變成對妳的傷害，那麼無論多痛我都會放手。」

「這就是你的愛情嗎？」

「不，是我的盼望。」

「如果就算受到傷害也希望你留下來呢？」

「那我就只好學會怎麼療傷吧。」像是為了暢通凝結的空氣，他又掛上了不懷好意的笑容，「聽說少女都很期待得到類似的安慰呢。」

「你可以先不要笑嗎？」

「嗯？」

「讓我這樣看著你就好。」

於是我安靜地凝視著邵謙。

那樣的笑容其實是一種保護色吧，就像在其他人面前始終掛著合適的微笑一般。面對我的時候總是戲謔般的談笑著，因為不想帶給我太大的壓力吧。如果感覺到邵謙太過強烈的凝視，我可能會往後退也說不定。

但是我突然，很想看見沒有任何外在表情的邵謙。唯一的情緒來源就是他的雙眼。

還是只有我的倒映呢。在他的眼裡。

「在你的眼裡，我總是看見自己呢。」

「因為我所看見的，就只有妳而已。」

□

昨天的氣氛實在是太曖昧了一點了。

雖然說邵謙沒做什麼。我也沒做什麼。但天知道為什麼光是這樣沉默的對看就讓人感覺曖昧到亂七八糟。

因為我所看見的，就只有妳而已。

天啊，這種話為什麼說的人不會害羞，聽的人都臉紅起來了。

「小蘋妳最近真的越來越常發呆了，雖然現在是午餐時間，但第一次看見妳放著布丁在面前不動手的。怎麼，談戀愛了啊？」

「談戀愛不是重點，重點是跟誰。」

「妳說什麼？不就是阿海嘛，你們兩個說的話都一樣耶，都說對象才是重點這類的話。」

「阿海說了什麼嗎？」

「『如果小蘋愛上的人是我，就請你吃飯吧』這樣的話，但繼續問他又不說，你們到底現在是怎麼樣啊？」阿裘邊喝著咖啡邊問著我。

站在我面前的阿裘徹底是個局外人吧，所以能夠這麼輕鬆的說著，「你們相愛了啊，真好」；然而兩個同時擁有愛情的人，不一定會相愛吧。雖然說那可能是最好的結果，但三個人之中總有一個人會落單。

愛情裡是容不下我和你之外的人。

「……總之狀況有點麻煩呢。」我低低地說。

「麻煩？該不會——有第三個人吧？」

「嗯。」

阿袞臉上的表情從愉悅的調侃轉成略顯嚴肅的無言，喝了好幾口咖啡之後，一向忍不住話的阿袞還是出聲了。

「需要和我談一談嗎？」

「其實狀況很簡單，兩個男人一個女人，但是那個女人現在搞不清楚自己愛上的是哪一個。」狀況很簡單，抉擇很難。

「停下腳步聽聽自己的聲音吧。可能最直接的方法就是，失去哪一個妳會感覺比較痛？」阿袞對我擺出「安心吧」的笑容，「有時候並不是三心二意，但兩個人身上可能都沾上了妳的愛情，又跟他們的愛情混在一起，是很難分辨的，一大堆偶像劇也是這樣演啊；但是，深度還是不一樣的，其中一個人的愛情可能只是碰觸到了妳的皮膚，但另外一個人的愛情，卻已經滲入妳的心底。」

「失去誰我會比較痛——」我抬眼看著阿袞，「沒想到阿袞很有建設性嘛。」

「好歹我在愛情戰場上打滾了那麼多年，而且我曾經遇過一樣的狀況，雖然那女孩選的是我。」

「那是什麼樣的感覺呢？站在阿裘的角度。」

「什麼都不能多想吧，只要一陷入想像就沒完沒了，所以就專心的愛著她吧。但她到最後還是兩個都不想放手，所以也只好分手啦，我想小蘋跟她是不一樣的，阿海也說『小蘋正在努力呢』。總之，私心當然希望你們兩個在一起，但不管結果是什麼，只要大家還能開心的一起吃飯就好。」

……只要大家還能開心的一起吃飯就好。

「謝謝你。」

「不用客氣啦，這麼客氣我都害羞起來了。不過基於好奇，另外一個是什麼樣的人啊？」

「跟阿海截然不同呢。不過兩個人都很溫柔，雖然是用著不同的方式。」

「競爭激烈啊，但希望不要是流血戰。嗯？」

「我想不會的。因為我對兩個人都很誠實呢。」

「果然那兩個男人很可憐吶，如果妳多做一些掩飾說不定還能有憤怒的理由。但我想這大概是他們會愛上妳的理由吧。」

□

我很認真的盯著鏡子裡的自己，一邊問著「妳到底愛哪一個」，但接下來是鏡內鏡外彼此都沉默了。也是呢，這樣問就有答案的話，就不會有猶豫不決或是錯誤選擇出現了。

最後我有可能選錯人嗎？就是選了甲之後最後發現其實自己愛的人是乙。

「那也沒有辦法吧，做選擇的人是自己。」丁丁說道。

「會很遺憾吧。」

「不管妳選誰都已經註定會留下遺憾了啊，選錯人只是遺憾多了一點而已。」

「妳說得很輕鬆。」

「不然咧？」

是啊，不然呢？就像每次考試交完卷之後，總會在教室外發出「早知道就選A了」這種驚呼，但就是因為沒有「早知道」這種東西，所以才會成為一種考驗。有些人笑著說「算了、寫了都寫了」，有些人耿耿於懷「差了那麼兩分」，也許那兩分會成為人生的分岔點，但是陷落的原因卻是自己的耿耿於懷。

但是愛情裡也能那麼簡單的說出，「算了、這也是沒辦法的事啊」，坦然的帶過嗎？

大概，我不屬於這類樂天知命的族群吧。

「就跟妳說丟銅板決定了啊。反正左邊右邊都是遺憾，那就交給命運吧。」

「其中一個說靠丟銅板決定需要很大的勇氣。」

「去愛也需要很大的勇氣啊。很多人會誰都不想傷害，最後誰都被傷害了，也是有很多人索性不想做決定，就乾脆兩個都不要，或是死拖活拖的看誰撐得久就跟誰在一起吧。但是在這個過程中愛情是會被消磨掉的。雖然我很憧憬浪漫的愛情，但我也知道愛情是現實的一部分。妳啊，就是因為要珍惜愛情珍惜三個人難得出現在同一個時空，才要明快的做出決定來。」

接著丁丁很愉悅的掏出十元銅板，「人頭是阿海，十元是另一個人。丟吧。」

然後我丟了。

□

「所以，是人頭還是十元？」邵謙問。

我跟邵謙「約會」的地點是某個海邊，因為我突然想看海。

其實我不是很喜歡海邊，總覺得海風黏黏膩膩的，萬一腳上沾上了水又會黏著充滿鹽分的沙子，雖然偶像劇總是把大海啊、沙灘啊塑造得美麗動人，但台灣的海邊幾步路就會看見垃圾，而且看著電視的時候不必忍受風刮過臉跟全身佈滿鹹味。

然而即使如此我還是突然想看看藍色的海。

即使已經知道愛情不是那麼美麗，並且充滿未知的考驗，還是想踏進愛情。

果然人很自虐啊。

「秘密。」

「秘密？我以為妳丟銅板就是為了揭曉答案。」

「我還是決定靠自己交卷。」

「很有骨氣啊。」

「就算選錯了也是自己選的啊，我不想讓自己有機會怪銅板。」
「那就先忘了這件事吧，既然我們是出來約會的，就先預習一向當情侶的感覺吧。」

今天的邵謙感覺很不一樣，多了一點爽朗，還有一點孩子氣，果然離開餐桌就會看見不一樣的他，如果地點是遊樂園或是電影院，我也會看見不一樣的邵謙嗎？

「妳想要踏水或是青春的玩灑水遊戲嗎？」
「我才不要當死閃光。」
邵謙笑得好開心，牽起我的手，「偶爾當一下死閃光也不錯吧，老是被人閃，也該報復回去吧。」

但最後我們還是只有沿著沙灘散著步。在沙地上移動步伐不是那麼容易，至少比柏油路難走多了，但是一般的人會說著「好懷念那時候走在沙灘那一天」而不會是「我真懷念我們走在柏油路的那一個傍晚」。
到底是為什麼呢？

「如果最後不是你站在我身邊，我們還會是朋友嗎？」

「真殺風景，我還以為我們今天是情侶呢。」邵謙的聲音混在風裡，接著他把身體朝我移動了一些，「親我一下我就永遠當妳的朋友。」

「哪有這種交易方式。」

「感情是沒辦法交易的。但是，總要趁機佔點便宜吧。」

「我是認真在問你耶。」

「我希望是，但我沒有辦法向妳保證。套上『永遠』這兩個字就沒辦法輕易允諾啊，因為根本沒有人可以預知。」

「你覺得什麼狀況下會沒辦法繼續當朋友呢？」

「要是我比自己想像中的還要愛妳的話，暫時就沒有辦法像現在這樣來往吧。再怎麼樣，光靠理智是壓抑不住疼痛感的。」

「那你會回來嗎？」

「我怎麼感覺，妳現在在替我打預防針，看來我很快就會被拋棄了吶。」

「兩個人都打這樣不就公平了？」

「是嗎？那在被拒絕之前，」邵謙停下腳步，轉身面對我，「不趁機多佔點便宜怎麼行。」邵謙伸手將我納入懷中，風啊海啊的聲音真的很大，但我還是聽見了他的呼吸，「記得我說過，我會為妳拋開理智嗎？」

「嗯。」

「我好像——把理智拋得太遠了一點吶。」

「還是很冷靜啊，我覺得。」

「這是抱怨嗎？不夠熱情之類的。嗯？」

「才沒有。」這種理智又冷靜的性格最可怕了，裡面不知道包藏了些什麼，剝開之後首當其衝的想必是我吧。

「如果連表面的冷靜都崩盤的話，大概我真的會謀殺那傢伙吧。」

「如果連表面的冷靜都崩盤的話」後面接的那句話，應該又是他表面冷靜下的產物吧。

「答案揭曉之後，如果那個人不是我——至少，記住這個擁抱。」

「你剛剛，很感性耶。」感性到讓我都覺得不太像真的。

「不喜歡嗎？」

「也不是，就是不大習慣，跟一直以來對你的印象不大一樣。」

「那妳就開始習慣這種不習慣吧。」
「你一定要把很簡單的事情解釋得那麼難嗎？」
「反正妳聽得懂就好。」
感覺，發生了什麼很劇烈的變化，但明明現在我跟邵謙還是若無其事的牽著手走在沙灘上，看起來跟一開始根本沒有什麼兩樣，除了被風吹亂的頭髮，和開始沾上鹹味的身體之外，不挑剔的話，把時間調回到一個小時前，在畫面中的兩個人也不會顯得怪異吧。
人就是這樣在毫無所覺的表面之下逐漸產生變化吧，明明一直以來都感覺沒什麼兩樣啊，怎麼突然在某個早晨發現，原來頭髮變得那麼長了、眼角冒出明顯的細紋，或是我怎麼會那麼愛那個人。
正因為是在連自己都沒有察覺到的狀況下變化著，所以也沒有辦法輕易的扭轉，或者說著什麼我明天就要忘記這個人。這根本是不可能的吧，因為自己不知道是花費了多久時間才累積了那麼深的愛情。
忘記一個人不是像抽脂手術一樣，劃個刀口、進行手術就能帶走累積多時的脂肪，即使是手術之後也需要很長的一段照顧期，不在意的話也可能會留下一輩子不能挽救的後遺症。不管怎麼樣，就算手術動得再完美，那個時候的那個傷口，無論多細微都還是存在。

不可能和一開始一樣了。

一個人和另一個人的關係也是一樣，不管怎麼樣都已經留下痕跡了。

「如果我真的跟你在一起的話，很可能會一輩子都忘不了阿海耶。」

「剛剛打完預防針，現在要來給希望，妳的服務還真是周到呢。」

「你回答問題之前都要先風涼一段嗎？」

「我並不想覆蓋那傢伙的回憶，只要在妳的記憶中，邵謙的一切是只屬於邵謙的就好。」

因為不想跟另外一個人重疊吧。如果是我的話，也希望對方對我的印象或者記憶是純粹而特定的，但怎麼越來越感覺，邵謙一感性起來，有點犧牲奉獻的味道呢。

「其實我不喜歡海邊呢，雖然突然很想看海。」

「在討厭的畫面之中，有妳愛的我就好了。人的記憶是很偏頗的，在回憶的時候不是放大喜歡的部分，就是強調討厭的區塊，所以有一天妳如果要回憶的話，記得帶著滿滿的愛意想起我。」

「自戀鬼。」

「所以要玩鬼抓人的遊戲嗎？」

「跑來跑去累死了。」

「是嗎？那我會站在原地等妳自己投降走過來。」

「嗯？誰會那麼笨。」

「在愛情裡，沒有人是聰明的。」

我們站在沙灘上望著湛藍的大海，那麼近又那麼遙遠，那麼美麗卻又那麼危險，充滿著期盼與毀滅的淺藍湛藍深藍，以及表面的粼光。

「不覺得很像嗎？」

「嗯？」

「大海，和愛情。」

「人也是一樣。」

「真是難以捉摸。」

「所以才有趣不是嗎？」

他說：「我不會再靠近了。」

「什麼？」

「我們現在距離一步那麼遠，但那剩下的最後一步決定了我們是否會有共同的愛情，所以我會停在這裡，等妳。」

「如果……」

「無論是我，或者那傢伙，等的都是一個如果，所以妳只要考慮妳的愛情就好。」

12

我總感覺，世界上最遙遠的距離，不是就站在對方面前，但對方並不知道自己的愛；而是我知道你愛我，但我卻無法給你我的愛情。靠得太近因而感覺離得最遠。

「妳那天銅板丟出來到底是哪一面啊？」

「忘了。」

「怎麼可能忘了，妳記憶力衰退啊？」

「反正我不想靠銅板，所以就算妳知道結果也沒用。」

「那妳幹嘛還丟——算了啦，反正從來沒有搞懂妳。那妳到底有答案了嗎？」

「大概吧。」

「什麼大概！」丁丁碎唸之後毫無預警的在我耳邊大叫，「大概的意思是指妳已經決定了嗎？」

「只是覺得某個人比較有可能吧，但還需要一點線索。」

「什麼線索？」

「來個最後的約會之類的。」

「是喔，但我還是不知道另外一個人是誰耶。」

「如果結果是他的話，妳遲早會遇到的吧，要是結果不是他的話，妳知道也沒意義吧。」

「怎麼聽起來就是妳現在還是不打算告訴我。」

「變聰明了嘛。」

「在愛情裡我比妳聰明多了好不好。」

「隨便啦。」反正我的死穴全天下的人都知道了。「喔對了，還妳。」

「很感動吧，就跟妳說要多看愛情小說嘛。」

還給丁丁的是先前跟她借的小說，雖然說跟邵謙借好像比較乾脆，然而就是不想讓他知道我試圖在他的文字之中，拼湊某些在現實之中難以覺察的部分。即使是虛構的小說，因為出自於他的意念，必然包含了他。

「是是是，至少讓我了解現在大眾的集體期盼就是那種得不到的愛情。」

「不管什麼時候都是吧，越禁忌越吸引人啊，得不到的才是最美好的。」

「那為什麼又要拚了命去得到？」真是矛盾又無聊的人性。

「拚了命還得不到的東西才是最吸引人的好不好，尤其是那種只差一步就會變成自己的，但還是跑走了的那種感覺，痛徹心腑又難以忘懷啊。」

「自虐。」

「唉呀，總有一天妳會懂的。」丁丁再度豪氣萬分的拍著我的肩膀，我決定忽略她的幸災樂禍。

真的，就只差那麼一點點了。

我已經看見那個人隱約的外貌了，只需要一點點確認，就能下定決心翻開答案了。

「我根本不想懂。那種拚死還得不到的愛情，只是殘害腦細胞罷了，以後不管跟誰在一起，身邊的人都必須背負著那段愛情的陰影。我只要踏實的擁有當下的愛情就夠了。」

「真的很不浪漫耶妳。」

「當下的愛情也是可以很浪漫的，而且不是更重要嗎？如果能遇到一個，即使不浪漫也還是愛他的人。」

只要是他就好。

「天啊，妳真的是我認識的王亞蘋嗎？」

「人是很善變的。」

「哼哼，」丁丁突然帶著這種卡通式的邪惡笑聲貼近我，「還記得我對妳說過的話嗎？」

「那麼多話我哪知道哪一句。」

「總有一天妳會栽進去的。」

——栽進愛情。和一個男人的懷裡。

□

坐在陽台的地板上，一點風景也看不到，而且很冷、冷到可以很清醒的感覺全身上下正在微微發抖。

我幹嘛在半夜兩點沒事坐在冷得要命的陽台地板上？因為我想體驗快死的時候最想見到誰。

高中的時候有嘗試過站在頂樓作勢往下跳，但其實在實驗之前就已經知道腦中出現的會是當時暗戀的男孩。其實那並不是真正的答案，而是我帶著預設的結果進行實驗，所以就算一片空白也還是會自動填上那男孩的名字，或者臉。

果然我們都是在不斷自虐的過程中找尋解答。

那天用冥想法得不到答案，所以我只好讓自己更切身一點的體驗，裝作自己要跳下去還是太蠢了一點，最後我決定坐在地板上想像自己快要冷死，要是接著感冒發燒最好，還可以讓那個對象有個正當理由獻殷勤。

那個時候阿海很細心的在我身邊照顧著我，只要稍微皺眉他就能察覺，握著我的手哄我入睡的那個阿海，餵我吃稀飯的阿海，徹夜沒睡就擔心我突然醒來的阿海。

過去的這一年多來，我以阿海作為比較的基準去衡量任何一個試圖接近我的異性，所以無論是誰都脫離不了阿海的影子吧。短暫交往過的前男友，事實上是最可憐的，雖然只有他一個能夠靠近。

只有真正靠近之後才能看見真相吧。

也許是一種懲罰，讓我的身邊出現一個無法以阿海作為模型比較的邵謙，而「真正」的阿海也在同一時間出現在我面前。

兩個都無法比較所以都得重新開始。

連我自己都覺得這是報應。

好冷。我很沒有毅力的走回房間，沖了一杯熱呼呼的紅茶，縮在棉被裡，繼續盯著某個無意義的點發呆。

果然這種假死的實驗很難成功，就知道不會死了，也就不會想說要哪個人來救，結果就是邵謙和阿海的畫面交替浮現在腦袋中，不、更過分的是腦細胞自動進行「把邵謙和阿海在不同畫面中對調」的作業，例如阿海托著下巴說著風涼的話，或是邵謙從那場雨中走出來。

某種意義上愛情很殘忍吶。

一點選擇權都沒有。

雖然能夠選擇要不要靠近，但完全無法選擇「我就是要愛上這個人」。

但、那個模糊的身影明確了一點。

卻還是差了那麼微妙的、小小的跨步。

□

「真是懷念呢，上次回學校的時候也沒有走到這裡來。」

「嗯，因為想確認吧。」我說。

和阿海一起站在社團教室的走廊下，這裡是我們第一次見面的地方，也是從那一天起，他就已經走進我的凝望之中了。

那場雨真的很大呢。即使在那麼久之後的現在，站在相同位置的我似乎還是能夠看見那場雨，但阿海早已經站在我身邊。穿過那場雨，穿過那段記憶，甚至穿過彼此的愛情，走到了我的身邊。

現在站在我身邊的，才是真的阿海吧。

「關於小蘋的記憶，一層一層在加深呢。不管是已經經歷過的，或是在反覆的回憶當中，都只會越來越深吧。」

阿海的笑始終是那麼溫柔，溫柔到讓人想哭的程度。

有一種溫柔是像冬日的陽光般暖暖淡淡，卻是那季節之中唯一的期待。有一種溫柔是夏天的微風，會沁入心底感到涼爽，讓人感到安心。還有一種溫柔，是在微笑的時候會讓胸口微微的泛疼，卻想一輩子記憶住那樣的疼痛。

「如果那個人不是阿海怎麼辦？」

「那就記得帶傘，因為我已經沒有辦法從雨中走出來了，而我也不想讓另外一個人覆蓋上這份記憶。很自私吧，但還是希望自己能夠在妳的記憶之中佔有特別的位置。」他說，「即使只是記憶。」

到底是什麼時候開始那麼靠近的呢？那個時候常常想著這樣的問題，因為在意識到的同時阿海就已經在身邊了，從凝望的遠方成為能夠伸手觸碰的對方。

決定後退的那一天，「因為是阿海所以才必須往後退」這樣對他說，他早就明白的吧，並不是因為是阿海，而是因為這份輕飄飄的愛情。

恰好，是阿海呢。

就像邵謙說的那樣，在那麼多人來去的生命中，我就只用著那種眼光注視著阿海。

恰好下起的那場雨，恰好穿過那場雨的阿海，恰好站在走廊下的我。接連不斷的恰好，就成為了一份無法複製的愛情，因為再也不會有如此恰好的恰好了。

所以很久之後回憶起，「幸好、是你呢」會這麼說著吧。

「啊，下雨了。」

「天氣預報果然不準呢，有帶傘嗎？」

「沒有。大概只能等雨停吧，幸好雨不大。」

「跟那天很像吧，」阿海轉過身，深深的凝望著我，「如果雨一直不停那該多好。」

「會感冒吧，如果一直下的話。」

「這種逃避問題的方式真的很可愛呢。」

已經沒有辦法重疊了呢，那個時候的阿海和眼前的這個阿海。他已經走出那場雨了。

「如果雨不停的話，我也看不清阿海吧。」

「真是兩難呢。」

□

已經將近兩個星期沒有跟邵謙或者阿海見面，他們兩個人都站在原地等著我移動，分別站在我的右邊和左邊，恰好都留下一個跨步的距離。

只有帶著愛情才能跨越的距離。

最近也是最遙遠的距離。

泰戈爾詩裡寫過：「世界上最遙遠的距離，不是生與死，而是我就站在妳面前，妳卻不知道我愛妳。」

雖然通常大家都忽略了接下來那一大段接續，但我總感覺，世界上最遙遠的距離，不是就站在對方面前，但對方並不知道自己的愛；而是我知道你愛我，但我卻無法給你我的愛情。

靠得太近因而感覺離得最遠。

阿裘曾經說，只要想像失去誰我會比較痛，嗯、一方是痛，另一方是遺憾。

答案，已經揭曉了。

因為怕傷害任何一個人，所以始終不願意面對閉上眼睛之後所看見的那個人，但兩個人都逐漸走近的同時，我的擁抱只能有一個方向。靠得越近只是讓其中一個人更清楚的看見擁抱著的另外兩個人。

因而更是毫不留情的痛楚。

所以我逼自己閉上雙眼，但其實那個人的身影，在我閉眼之前就已經在我眼前。

我看見的，是你。

在察覺之前我就已經凝望著你了。

□

「既然妳都已經知道自己愛的人是誰，為什麼不趕快處理完？」

「總要讓我享受最後的單身時刻吧。」

「妳這個不負責任的女人。」

「妳幹嘛那麼激動？」

「太浪費了，真是太浪費了，光想到有兩個好男人栽在妳手裡我就覺得浪費。享受完兩個人的追求，現在居然大言不慚的說要享受單身時刻。王亞蘋，妳、絕、對、會、遭、天、譴。」

「浪費一個人的愛情就已經夠遭天譴了，不差那麼一點。」

「老天真是不公平。那，到底是誰？」

「不告訴妳。」

「妳到底是不是朋友啊？我那麼關心妳，妳居然這樣對我。」

「妳只是想湊熱鬧吧，既然妳能聯絡到阿海，所以知道是誰之後一定會通風報信吧。」

「所以是阿海嗎？」

「妳以為我會被妳套出話來嗎？」

其實我只是還不知道該怎麼開口罷了。並不是對丁丁，而是對那個人。

雖然可以很直接的說「對不起，我想那個人不是你」，但怎麼想都很無情吧，畢竟對方是誠心的捧著愛情，甚至以期盼來形容我的愛情。但我也知道，繼續耗費時間不是個好選項，所以我給自己三天的時間，至少要培養開口的勇氣吧。

說出對不起的勇氣。

對一個人說「我愛你」需要很大的勇氣，但對一個愛你的人說出「對不起」也同樣艱難。

「那妳到底要享受多久『愉快的』單身生活？」

「三天。」

「什麼？」

「嗯，就是三天，我很負責任的。」

「既然只差三天為什麼不能讓我知道。」

「妳知道，就算只差一步的距離，都還是遙遠。」

而且現在的我，大概還是沒有辦法很輕易的說出「就是那個人」吧。知道答案和說出答案還是不一樣的。

常常注視著那個人，想著「只要開口就好了」，但越是這麼想著，就越無法順利表達內心的想法，不管是謝謝也好我愛你也好，尤其是「對不起」，最難從念頭轉化成言語。明明都已經想好怎麼說了，也在心裡演練過好幾次了，真正面對那個人的時候，卻一個字也說不出來。

告白的時候、分手的時候，甚至只有自己一個人的時候，彷彿只要被說出口，那些話就會成真了。

我們都是藉由這樣的言語來進行確認。或者再確認。

「妳是突然有靈感嗎？還是發生了什麼事？」

「慢慢的就會發現自己在乎某一方多一點吧，而且冥想很有用呢，想像自己失去某一方之類的。」

「很難理解的方式耶，不過我們以後可以兩對情侶一起出去玩啦。」

「妳以為我會想再跟你們這對死閃光出去嗎？」

「那妳閃回來啊，我很歡迎喔。」

「他們兩個都說過呢，偶爾當死閃光也不錯。」

「因為妳在愛情裡面的動作太低調吧，有時候人是需要一種強烈的需要感跟宣示感。」

「妳是在合理化閃光的炫耀行為嗎？」

「本來就很合理。不過一點也想像不出來耶，妳撒嬌或是依偎在某個人懷裡的樣子。」

「反正跟我交往的人不會是妳，妳不必那麼擔心。」

「欸，妳說妳會不會忘不掉沒有選的那一個啊？」

「大概會吧。但是，本來就不需要忘掉吧，只要好好記住他已經不在現實的愛情之中就好。」

我選擇背對的那一方，必然會成為我美麗的回憶以及，遺憾。

13

在他懷裡的我，眼淚緩慢滑落雙頰，耳邊貼靠的是他的心跳聲，如果在這裡哭泣的話，也會藉由振動傳入他心底吧。細微但無法忽視的振動。

不是淚水。不是遺憾的悲傷。而是我。

「要交卷了嗎？」

「嗯。」

「所以？」

「明天再告訴你。」

「明天是好日子嗎？」

「因為我下午要去見阿海。」

「所以告知結果是有順序安排的啊。」

「先說再見跟後說再見，意義是不一樣的吧。」

「所以妳的安排是什麼呢？」

「說了不就等於告訴你答案了？再多等個一天不會耗掉你太多生命的。」

我和邵謙坐在公園的長椅上，我喝著手搖飲料，而他很健康的喝著礦泉水。攝取太多糖分會提早老化。有一次他這麼對我說。

所以我比你快老你就不愛我了嗎？

當時的他似笑非笑的的看著我，用著很誇張的無奈口氣，「愛上了哪有什麼辦法。」

雖然這成為我攝取甜食的正當理由之一，哪天說不定會對他說，反正你愛上啦，就讓我多吃一點吧。所以跟我這類人交往其實是很辛苦的吧，某種程度上很會得寸近尺吶。

「兩個星期沒見到我，會想我嗎？」

「想啊，兩個都想。」我給他一個很惡劣的愉悅微笑，能這麼輕鬆說不定只剩下今天了。

「在那個傢伙面前大概一副淑女樣吧，嗯？」

「沒有吧，但至少正面的形象是很努力在維持的，例如，絕對不會露出這種惡劣的微笑。」免費再附送一個。

「照常理而言我大概是沒希望了，所以這時很慶幸妳是個怪人呢。」

「這是誇獎嗎？」哼，「到底愛情是什麼呢？是要在對方面前維持一個美好的形象，還是要毫不保留的讓他看見真實的自己呢？」

「兩者都是。愛情從來就沒有邏輯，所以腦袋空空的人也是可以談戀愛的。」

「你知不知道，就算我決定要選的人是你，在我說出來之前都可以改變心意的。你確定你還要這麼惡毒的對待我嗎？」

「很惡毒嗎？」他笑得好無辜，「再說，提早發現總比走過來之後大喊『你讓我完全幻滅了』這種話好吧。而且，」邵謙的聲音突然變得好遠，卻在吵雜的公園裡格外清晰，「真正的愛情其實是沒有辦法三心二意的。」

「答案就要揭曉了呢，好不容易適應的現狀又要改變了吧。」

「人生時時刻刻都在改變，不管妳走向哪邊，記得好好的愛。」

「即使不是你？」

「那也沒辦法啊。至少妳要好好的珍惜妳握有的愛情，畢竟，那是我走不進去的吧。」

「某種程度上，你很犧牲奉獻吶。」

「我會當作這是誇獎。不過，」他側過頭望向我，「希望明天是好日子呢。」

□

走進咖啡店的時候，阿海已經坐在椅子上了，發現我的時候，他給了我一個溫柔的微笑。

「我遲到了嗎？」

「沒有，我提早到了。因為在電話裡妳說有事情要告訴我，大概是要宣布答案吧，而且那麼久沒見到妳，自己比想像中的還要迫切呢。」

「嗯。還是得下定決心了。」

「心已經開始有點痛了呢。」

在某一天回想起阿海此刻的笑容，還是會讓人湧生想哭的意念吧，因為他實在是太過溫柔了。

「就是因為阿海這麼溫柔的微笑，所以才始終忘不掉你吧。」

「那作為個人小小的自私，請妳永遠記得吧。」

「阿海。」
「嗯？」
「謝謝你。」

其實答案在兩個星期的那一天就已經揭曉，只是我們都需要時間面對，或者、說服自己面對。

那一天和阿海回到社團教室，我們站在走廊下，交錯彼此對於過去的回想以及想像，偶爾提起了現在的我或者他，卻仍舊是依循著曾經的路途踩踏而上。曾經。那是我們都難以釋懷的兩個字。

「其實我很害怕呢。」
「怕什麼？」

中途下起的雨，讓前方的風景變得有些模糊，但我並未試圖看清，或許努力分辨雨中的畫面之後，會發現其實跟記憶中的一切都有著些微的差異。而這種差異便是讓我們走向另一條路的開始。

「現在的我們，能夠這麼流暢的對話著，大部分都是基於共同的過去吧。但是對於我們彼此的現在，增加的速度實在太過緩慢了一點；雖然告訴自己，或許這需要時間，畢竟都已經一年多沒見面了，但可能並不是這樣的吧。」

對於與阿海愛情的想像，認真一點比對就會發現，大部分都是拿著過去的記憶拼貼而上。說著，**我們能像過去那樣吧**，但我們都已經不是過去的我和阿海了。

所以阿海說「重新開始吧」，或許該負責任的是我，因為我還沒有辦法意識到「重新」這兩個字。

「因為一直凝望著妳，所以就算妳不說出口還是能夠知道答案，那個人也是吧，只是我們都在等妳自己發現，也都試圖在妳發現之前努力改變些什麼。但是，愛情的指向，沒辦法那麼簡單的改變吧，尤其是在妳要的那個人也在努力的同時。」

「阿海……」

「妳說因為想確認所以才回到這裡。那麼，已經得到答案了嗎？」

「我想、我還是需要一點時間去整理。」我抬頭望向阿海，「可能需要的，是面對的勇氣吧。」

「那麼在妳凝聚勇氣之前。」

「嗯？」

「我還是能做點努力吧。」

阿海輕柔的撥動我的瀏海，那個時候他時常這麼做呢，我總是說這樣感覺很像小狗，但他說「望著妳的時候其實很害羞呢，所以需要一點動作來掩飾自己的情緒吧」，可是現在的阿海，想掩飾的並不是害羞吧。

他輕輕吻了我的額頭，「下賭注的時候，總是希望能贏呢。」

「阿海的賭注是什麼呢？」

「我的愛情以及，自己。」

於是他將唇貼近我的，在刷過邊緣的瞬間，我側開了頭，在我意識到的同時，我和阿海就定格在凝滯的畫面之中。那已經不是過去記憶中的畫面了。

如果生氣或是難過什麼都好，但阿海只是輕輕退開一步，就是那安靜無聲的踩踏，重擊在我胸口，沒辦法伸手拉住他，也不能伸手拉住他，只能眼睜睜的看著阿海那一小小跨步。

這就是我們之間決定性的距離吧。

阿海還是微笑了。很輕很淡、很溫柔，然而望進他深黑雙眼的時候，輕易的就能看見他帶著微笑的悲傷。

還是傷害他了。

「這樣，我就不得不面對現實了。」

「阿海……」

「很早就發現了，記得在妳家外面遇到他的那一天嗎？那個時候就發現了，只是想著『還能夠努力吧』，所以堅持不放開。但是現在，妳也已經看見答案，我也就只能退回適當的距離。至少，能夠讓妳猶豫那麼久，我也應該滿足了。」

雨到底下了多久才停呢？

那一天的雨，或者是記憶中的那場雨。

阿海說，雨終究還是得停。雖然說著如果雨一直不停那該多好，但那就永遠看不清楚對方了。

「我用我的愛情，交換了妳的目光，那就夠了。」

「阿海，真的很犧牲奉獻呢。」

服務生送上了我的水果茶和阿海的咖啡，禮貌客氣的微笑，不管是誰、不管是什麼樣態的微笑，都無法掩蓋阿海的弧度吧。

「這是誇獎嗎？」

「嗯。正因為有這樣的阿海，所以我才能有這麼美麗的遺憾。」

「已經變成遺憾了啊。」他啜飲了一口咖啡，「這樣也好，既然是遺憾妳就永遠忘不掉了。」

「謝謝你。」

「這時候聽到妳說謝謝，感覺有點痛心呢。妳放心好了，從很早我就已經做好準備了，但還是想多留下和妳的記憶吧。」

「那個時候，阿海你說第一次見到他，你就知道了。」

「嗯，很明顯呢。他也發現了吧，只有妳沒發現。」

「到底，什麼東西很明顯？」

「記得我說過的嗎？在那傢伙的眼中看見和我相似的目光。」
「嗯。」
「小蘋，所以一直凝望著妳的兩個人，怎麼可能分辨不出來妳目光的投向呢？」
感覺，阿海真的已經不一樣了。
「阿海。」
「嗯？」
「那時候的我們離愛情太近，所以看不清彼此。但是，我好像感覺，自己正慢慢認識真正而且是新的阿海。」
「他呢？」
「他……」我盯著水果茶不斷冒出的熱氣，「在愛情出現之前我就看見了他，現在、大概我會在愛情裡面體會他吧。」
「很讓人嫉妒呢。」
「我們……還會是朋友嗎？」
「當然啊，情人當不成，連朋友也一起失去的話，損失不就太慘重了。」
「真的很溫柔呢，阿海。」
「因為是妳啊。」

「很開心能遇見你呢，我沒這麼對你說過吧。」

阿海很溫柔的笑了，一如既往的溫柔，「幸好，遇見妳了。」

嗯，幸好、遇見你了。

「可以留給我最後一個作為愛情句點的午後散步嗎？」

「嗯。」

接著我們就沿著附近的街道散著步，隨意聊著櫥窗裡的哪件衣服，或是穿著奇妙搭配的路人，這裡開了新餐廳啊，嗯、冷藏櫃裡的蛋糕看起來好好吃喔。

「感覺很像偶像劇呢，現在的畫面。」

「但是沒辦法每分每秒都抱著電視看對吧？」

「其實當阿宅很幸福呢。」

「沒辦法啊，即使像偶像劇，畢竟我還是走在現實中的人。」

「但是啊，光是能夠營造出偶像劇氣氛這一點，阿海就贏了喔，而且贏得非常徹底。」

「是嗎？這樣想想欣慰多了，偶像劇的角色還是會比男朋友值得想像一點吧。」

「很壞心呢。」

「畢竟是對手啊，也沒辦法很大方的把好處全都給他吧。」

「阿海。」

「嗯？」

「感覺我們跨越了某種什麼，變得更靠近了呢。」

「嗯，某種形式上。」

「呵呵，嗯，某種形式上。」

「那讓我們當最好的朋友吧。」

「嗯？」

「讓那個人嫉妒死吧，例如有些事只能跟貼心好友說，但絕不能告訴男朋友。而且，」玻璃窗所倒映的阿海，像是被阿海所遺落的身影，不那麼鮮豔的色彩，有些模糊的表情，還有在他笑容中難以讀出的悲傷，「對我而言，小蘋大概永遠都會比好朋友多一點吧。」

「如果是巧克力蛋糕跟草莓奶酪阿海會選哪一個？」

「嗯？突然來的心理測驗嗎？」他想了一下，「巧克力蛋糕吧。記得以前我說過，粉紅色感覺很沒有男子氣概呢。」

「果然是不同類型的人呢。」

「跟他？」

「嗯。他很直接就選了草莓奶酪。」

「是嗎？」

「說是他喜歡清爽的感覺。」

「這樣啊……看來是個意外準確的心理測驗呢。」

「為什麼？」

「我看見了草莓奶酪的顏色，但是他，體會了草莓奶酪的感覺。」

「結論我是草莓奶酪？」真是很難懂這兩個男人的邏輯啊，「但我也很喜歡巧克力蛋糕啊。」

「這也是沒辦法的吶，畢竟愛情，不像甜點可以兩個都選。」

阿海真的是太過溫柔的一個人了。

□

「所以，今天是好日子嗎？」

「天氣很好呢。」

「嗯？」邵謙不是很在意的笑著，「在這邊繼續對著天空發呆也無所謂啊，待會甜點送上來我就幫妳吃掉吧。」

「心機鬼。」

「那，妳要自己走過來被鬼抓嗎？」

我和邵謙坐在第二次見面的那間餐廳，也就是我對他說出「你想不想跟我談戀愛」的地方，恰好是同一張桌子，也說不定是邵謙特意指定的。但總之，作為彼此的開始與另一個開始，這裡似乎是很合適的地點。

那個時候的我，大概絕對料想不到，那個交易性的開端會成為我陷落的起點，事實上打開舞台燈的人是我吧——如同邵謙曾經在序中提及的。

「哪有那麼笨會自己走過去讓鬼抓。」

「因為迫不及待想結束這場追逐遊戲吧。」迫不及待的……是我嗎？

「哼，反正我有的是時間。」

「是嗎?」邵謙很爽朗的笑了,映照著陽光的反光,突然有那麼一點閃閃發亮的感覺,「那怎麼辦呢,鬼就是想讓對方自己走過來呢。」

「哪有那麼懶惰的鬼。」

「因為追逐太久,怕抓住的只是因為對方跑不夠快,而不是心甘情願的投降。」

「只要『很不小心』的讓你知道,她是故意讓你抓到的不就好了嗎?」

「那,她現在打算坐在樹蔭下等鬼來抓了嗎?」

「……已經休息很久了呢。」

阿海說,不管是邵謙或者他,在彼此碰觸的那一瞬間就都已經看見了答案,所以其實他早就明白的吧,卻仍然慢慢等我自己找出答案。大概、每個人都期待對方能主動在愛情裡投降吧。

等待對方說出「因為你是鬼的關係,所以就讓你抓吧」這種話。

因為,如果不這樣的話,有一天會突然想著,到底是不是因為我用力抓住他的關係,其實他只是無法掙脫罷了。

「欸,邵謙。」

「怎麼？」

「你會幫我把紅黃椒吃掉嗎？」

「如果妳主動放進我的盤子裡，我就會吃掉。」

「那你會分我吃你的甜點嗎？」

「會啊，畢竟那是利誘戰術的一環嘛。」

「那我們下次去遊樂園的話，你會陪我坐雲霄飛車嗎？」

「妳要坐旋轉木馬也沒問題喔。」

「那，你想不想跟我談戀愛？」

「對我有什麼好處嗎？聽起來都是妳得利呢。」

「嗯……我會借你抱，我家熱水免費讓你泡紅茶，還有，偶爾可以到我家吃免費的晚餐。」

「怎麼一半以上都跟吃食有關吶，我對吃不太挑剔呢，還有別的嗎？」

「你會變成王亞蘋的男朋友。聽起來不錯吧。」

「嗯，值得考慮。」

「那你慢慢考慮吧，我可是一點耐心也沒有喔。」

「妳啊，只有在這種時候特別精明。」接著邵謙把他挑的焦糖布丁推到我面前，帶著很愉悅的微笑看著我。

「利誘？」

「是要給我女朋友的。」

是真的在這種時候也要這麼心機嗎？到底是吃還是不吃？湯匙一碰就等於拿我的愛情交換焦糖布丁，但是、但是……

「你可以再心機一點沒關係。」哼。

「這可是妳說的喔。」

「嗯？」

「我給妳的不只有甜點，還有我。」

人啊、怎麼可以那麼心機。

「——所以你們最後以美麗的午後散步作為結尾？」

「嗯，要這麼說也沒錯。」

「很浪漫嘛。」

「這就是某人跟阿海最大的差別。」
「那我們也來個午後散步吧。」
「嗯？」

最後我和邵謙繞進了附近的公園，非假日的下午，組成成分和週末完全不同呢，但這是我第一次走進這座公園，這些推測其實也只是基於過去對其他公園的印象。

我們都太過習慣用某些類似事件的記憶或者印象來推測，因而時常忽略或者誤解了自己當下所處環境所透露的訊息，這個人說出這句話和那個人說出這句話，到底還是有所差異的吧。

那些我們認為相同的事物，事實上很輕易就能指認出不同吧。只要認真凝視的話。

「天氣真的很好呢。」
「雨停了之後空氣就特別好啊。」

邵謙牽起了我的手，並沒有特別用力，卻能清晰的感受到他的力度以及微溫，很確切的感受著邵謙。

我一直在想，只是牽著手到底能造成多大的動搖呢？阿海牽著我的手時，會有一種與記憶重疊的模糊感，其實有些時候連自己也分不太清楚，那樣的悸動是來自於過去的重現，或者重新從阿海身上所體會。

正因為無法明確的分辨，所以不管是自己、或者對方，都沒辦法接收到準確的訊息吧。例如說著我愛你的時候，到底是指愛著站在面前的你，還是印象中的你，或者是期待中的你。如果沒有辦法好好分辨的話，就算把話說出口了，也還是沒辦法直接到對方心裡吧。

我一直以為差不多的，反正指向的都是你。但正因為都是你，所以才有著絕對性的差異吧。

「難過嗎？」

「你是指跟阿海說再見嗎？」

「嗯。」

「有一點。畢竟，親眼看見他安靜的往後退了。但是啊，我們變成很好、很好、非常好的朋友喔。」

「是嗎？唉，」他很誇張的嘆了一口氣，「看來我還是得跟『好朋友』好好吃頓飯聊聊吶。妳說，是不是該下個馬威，說『她是我的女人』這種台詞？」

「很老梗耶，虧你還是寫小說的。」

「妳不知道現在的愛情小說幾乎都是老梗嗎？妳以為生活裡有多麼誇張的事情能發生？」

「例如在喪禮相親，例如用甜點利誘對方，例如愛上心機男之類的。」

「這些不都很日常嗎？」他說，「越是日常的愛情，越是讓人無法脫身。」

風輕輕淡淡的，我看著湛藍得太過遙遠的天空，一種引人哭泣的惆悵感逐漸膨脹。雖然故事裡總是描寫角色在下雨的日子默默的哭泣，然而其實這種淡淡輕輕的天氣，才是最適合落下眼淚的日子。

因為心底納進了遺憾，以及即將迎接的開始。

「邵謙。」

「嗯？」

「其實，我很想哭呢。」

「因為能跟我在一起太開心了吧。」

「你就不能安慰我一下嗎？我可是把灰全部給撒掉了耶。」

「雖然對我來說這是值得開心的一件事，但是，」邵謙伸出手將我擁入懷中，「如果想哭的話就哭吧，只要記得哭完之後，專心看著我就好。」

「邵謙。」

「嗯？」

「雨停了。」

「嗯，正因為雨停了之後，天氣才會這麼清朗呢。」

在他懷裡的我，眼淚緩慢滑落雙頰，耳邊貼靠的是他的心跳聲，如果在這裡哭泣的話，也會藉由振動傳入他心底吧。細微但無法忽視的振動。

不是淚水。不是遺憾的悲傷。而是我。

□

我想，很久之後的某一天，當我望著相似的湛藍天空，能夠面帶微笑的說著「那時候的我們」這樣的話吧。

我愛的你，以及我曾經愛過的你。

The End

後記

草莓奶酪跟巧克力蛋糕，你會選哪一個？

有些人大概連猶豫的瞬間都不需要，直覺性就能做出決定了吧。然而我並不行。

在我們的生命之中，無論是左轉還是右轉，又或者只是午餐吃日式料理或是義大利麵，就是這些的左右為難堆疊出我們的錯誤與遺憾，所謂的人生。

而愛情尤是。

順著筆調或許有些人會認為，大抵一開始就決定邵謙是主角了吧。不、事實上並不是這樣的，一直到了最後，就算選擇的人是阿海，我想連我自己都不會感到訝異。

從第一個字開始，到最後一個字，我的心思還是處於擺盪的狀態。

因為是小說，所以能夠很美好的將另一個當作最美麗的遺憾留下，然而就連我也不敢保證，走出故事之後的阿海，是不是還能微笑的凝望著小蘋。

愛情讓我們靠得那麼近，也距離得那麼遠。

僅僅一個後退，卻阻隔了名為你和我的兩個世界。

無論是現在的愛情或者曾經的愛情，只要是名為愛情的感受，勢必成為心中最深的一道痕跡。
最後小蘋選了草莓奶酪。
然而愛情中沒有正解也不會有答案。所以我們只能好好看著愛情，好好看著對方，好好看著、自己。

Sophia

All about Love / 03

左邊的你以及，右邊的他

國家圖書館出版品預行編目資料
左邊的你以及，右邊的他／Sophia 著.
— 初版. — 臺北市 ： 春天出版國際, 2011.01
面 ; 公分. —（All about Love ；03）
ISBN 978-986-6345-62-3（平裝）
857.7　　　　　　　　　　99026844

ISBN 978-986-6345-62-3
Printed in Taiwan

作　者　Sophia
封面設計　克里斯
內頁編排　三石設計
總編輯　莊宜勳
企劃主編　鍾靈
行銷企劃　胡弘一

發行人　蘇彥誠
出版者　春天出版國際文化有限公司
地　址　台北市信義區信義路四段458號3樓
電　話　02-7718-0898
傳　真　02-7718-2388
E－mail　frank.spring@msa.hinet.net
網　址　http://www.bookspring.com.tw
部落格　http://blog.pixnet.net/bookspring
郵政帳號　19705538
戶　名　春天出版國際文化有限公司
法律顧問　蕭顯忠律師事務所
出版日期　二〇一六年六月出版三十四刷
定　價　180元

總經銷　楨德圖書事業有限公司
地　址　新北市新店區寶興路45巷6弄6號5樓
電　話　02-8919-3186
傳　真　02-8914-5524

印刷所　鴻霖印刷傳媒股份有限公司

03

All about Love

03

All about Love